Small Wheels

〜スケートボード is 素敵〜

柳町 唯

HIDDEN CHAMPION

目次

スモールウィールズ

i
n

b
l
o
o
m

TRANSWORLD
Skateboarding
in bloom
TRANSWORLD SKATEBOARDING VIDEO THIRTEEN

頭がガンガンする。

ベッドで横たわったまま、左側で静かに揺れているカーテンをめくり、家の前に駐めてある自分の車を見てホッとする。

「今朝も無事に帰ってきたみたいだな」

そう思いながら昨夜の流れをベッドの中で思い起こす。

確か閉店間際のスケートショップでトランスワールドからリリースされたビデオ『in bloom』を観て、あーでもないこーでもないとスケートボード談義をしながら「夜スケートしに行く場所どうする？」なんて、いつもと変わらない話をしていた。

やれ「エヴァン・ヘルナンデスのオーストラリアでの最初のステアで4トリックのラインは、ワン・オー・ワンのビデオ『snuff』でのジェイソン・ディルのステアのラインのオマージュで絶対に意識している」だとか、「クリス・コールのラブパークでのバックサイド・フリップは服装がカッコよければもっと評価される」だとか、自分たちのスキルは棚に上げて好き勝手言っていた。

もう店を閉めたそうな店主の、「お前ら何も買わないならそろそろスケートしに行け！」という、なかば追っ払うような言い回しを皮切りに、待ち合わせの約束もしていないのに集まっていたメンツとスケートをしに行くことにした。

「桜木町の美術館前に行けば誰かいるっしょ！　週末だし！」

と誰かが軽いノリで言って俺の車に乗り込んだ。

美術館前にはローカルを含め、気心の知れたメンツがすでにスケートをしていた。スポットの目の前に路駐し、それぞれ挨拶もまばらにフラットトリックで体を温め始めた。

体が温まってきて、いつものように様子見でクロスパイロンをノーリーで飛んでから、次はノーリー・フロントサイド１８０と徐々に技の難易度を上げて自分の調子を確認していた。

「よし、三トライ以内にメイクったし今日は調子いいな」と自分に確認しているとジュンが、「低いから虎棒ハメてもいい?」と言い出し、みんなの承諾を確認する前にパイロンの間に虎棒をハメてセッティングし直した。

「やっぱ高ぇー」多分、みんなが心の中でそう思った。

そんなことを気にすることもなくジュンは突っ込んでいった。

夜の街に乾いたテールを弾く音が響いた。

「パァッーン」

次の瞬間勢いよく前足を抜いたジュンの足元でデッキが綺麗に一回転した。

「バァッーキンッ」

と音を立てて勢いよく虎棒が折れた。

「うわー、惜しい！　リアトラックで踏んでただけじゃん！」とジュンが叫び、みんな「ヤベー！」「惜しすぎ！」などと口々に言っていた。

再度、折れてしまった虎棒をうまいこと組んで調整すると、果敢にジュンはトライした。

周りのみんなは動きを止めて見守った。

テールを弾く乾いた音がさっきよりも強く響いた。

そして二発目のトライでジュンは虎棒をクリーンにキックフリップで飛び越した。

「イエーーッ！」

みんな声援を上げ、デッキを地面に叩きつけたりしてジュンの元へ駆け寄っていった。

俺もメイクしたジュンに駆け寄り、「ヤバッ！　いきなり！　しかも二発でメイクってたしキックフリップもジョシュ・カリスみたいだったよ！」と興奮気味に話しかけ、拳を合わせてメイクを讃えた。

スポットに着いてすぐに最高潮のセッションになり、みんなのテンションも上がった。その夜はすごくいいスケートセッションができた。

時刻も二十三時近くになり、腹も減ったことだし飯飲みでも行きますか！　ってな感じで美術館前を後にし、日ノ出町の「ゲットーチャイナ」を目指した。

車内でもジュンのキックフリップの話になり、得意になったジュンは「俺のこと和製ジョシュ・カリスって呼んでな！」なんて言って相変わらずのハイテンションだった。

「ゲットーチャイナ」はいわゆる町中華で、中華街ではないが中国人が朝五時まで家族経営していて、七五〇円くらいで定食が食えるナイスな店だ。

昨夜もホイコウロウ定食に生ビールから始まり、紹興酒もあおって、締めにサービスで出してくれる――〝二日酔いにならない〟と店の年頃の娘なのか奥さんなのかわからない艶っぽい女性が持って来てくれる――正露丸の味がする真っ黒な杏仁豆腐を円卓を囲みながら仲間と胃袋に流し込んだ。

「よし！　腹も満たしたことだし、いざベイホールにダンスにでも行きますか♪」と席を立ち、会計を済ませながらサービスの黒杏仁豆腐のお礼を言って、店の前に停めていた車に乗り込んだ。


車で走り出すと、後ろの席からヨーくんがジョイントを回し始める。

「ブッ太いの巻いてきたからベイホールまでちょっと遠回りしていこう」

そう言いながら助手席のジュンが器用にサイドブレーキのレバー上ぎりぎりのところでジョイントを回してくる。俺はそれを右手に持ち替えながら一服する。いままで酒でドロ〜ンとしかけていた脳みそが前頭葉の先っちょあたりからほんのりとクリアになってくる。カーステレオで流れているマイティー・ジャムロックの「ＭＩＸＴＡＰＥ ＃５」のボリュームを上げる。ベースが車のシートにビンビンくるほどの音量で山下公園の横を抜けていく。

まだちょっと車のナンパ族がいるから、爆音でノリノリで走り抜けてもそう目立ちはしない。だから土曜の夜のこの通りは好きだ。

いつもの様にベイホール奥の路駐スポットはびっしりと車が並んでいる。港の倉庫街に車が並ぶさまは、まさに週末の始まりを感じさせてくれる。

中で化粧をしている女の子だけの相模ナンバーや、トッポイ兄ちゃんたちがお互いの車のチューンナップなんかを褒め合ったりと、横浜の潮風が似合う風景がそこには広がっていた。なんとか車を駐めるスペースを確保し、ジュンが言った。

「ここ倉庫の扉の前だけど朝方平気かな？」

「明日日曜だから平気っしょ！　ってか四時くらいには出てロゴスに流れよう」

と俺は返した。

意見が一致した俺たちは拳を合わせて、「ヤーマン」と言った。

小さな橋を渡り、右側の山下埠頭を見て「綺麗だなー」と思いながら、路駐の車からしてくるマリファナの匂いを感じつつベイホールへと向かった。

サウンドシステムの重低音が響き、入り口のドアのガラスが小さく振動している。聴こえてくる音に合わせて体を揺らしながら、階段の踊り場で黒人のセキュリティーからボディチェックを受けてエントランスのゲストリストと名前を照らし合わせる。ちょっと後ろに並んでいるギャルにカッコをつけながら、スタッフに「ありがとう」と言い、ロッカー前でタバコをふかしている友人たちと拳を合わせる。

「リスペクッ」

目上の人にはそう言って拳を合わせ、頭を少し下げ挨拶をし、ちょっとしたラガ気取りでバーカウンターへ流れ込む。すでに一緒に来たメンツを見失っていた。

飯飲みの後にブッ太いのをいったから喉がカラカラだ。

ちょっと甘いのを飲みたくなり一番安いシャンパンをボトルでオーダーする。三千円だから普通のドリンクの五杯分程だ。割りもいいし何より俺の中で超ラガでルーボイ気取りになれる。バーに並んでいたギャルが、俺が一人で握りしめて飲み始めたボトルを見ている。目が合った。

右サイドだけ髪を編み込んでいるその娘にボトルを差し出した。

「ごめん、口つけちゃったけど飲む？」

「ありがとう」

その娘はニコっと笑ってボトルをあおった。俺はボトルを受け取ると、「スピーカーの前へ行こうよ」と言い、顎でステージ右前のサウンドシステムをさした。人の熱気と、細胞が入れ替わるような肌に泡が立つ爆音のなか、その娘の手を軽く、かつ紳士的に引きながらサウンドシステムの前にたどり着く。そこはもう耳元で叫んでも会話なんてできないくらいの爆音と振動が響いている。

体は勝手に踊り出す。どう踊ろうがどう体が動こうが誰も気にしないし誰も見ていない。みんながみんな、その空間を、この爆音を楽しんでいる。

その娘とぴったりと体を合わせたままボトルを交互に飲み、爆音に体を揺らしながらしばらく経った。ちょうどセレクターがT.O.K.の『CHI CHI MAN』をかけた頃だった。

「そういえばこの娘、名前も知らないしさっき会ったばかりだけど超いいな」

二十二歳の男の本能なんてそんなもんだ。

ちょっとその娘の耳元で話すふりをした。どうせ聞こえないから何でもいい。

やはり聞こえないから、「え⁉」ってなジェスチャーをしてきた。その手を引いてフロアの後ろのほうに行った。ちょっとだけ話ができそうになったところでようやく名前を聞いた。

「ミドリ」とその娘は答えた。そして俺も名前を告げた。

「ユウくんガンジャくさいよ」

はっとする俺を気にするそぶりもなくミドリは続けて言ってきた。

「私も吸いたい」

エントランスにいるケンジくんに一声かけてミドリの手を引いて外に出る。知り合ってまだ数十分だが、何かが二人を近づける。自分の車に向かいながら山下埠頭から吹く潮風を浴び、安いシャンパンを回し飲みしてキスをした。挨拶みたいな可愛らしいキスを。

「いつもこんなことしてるの？」

そう問いかけられた。

「週末だけかな？」

俺がそう答えるとミドリは、

「そういうの好きかも」

と言いながら舌を入れてキスをしてきた。

車の鍵を開けてシートに座った俺は、カーステレオを固定しているゆるいネジを指で外して引っこ抜いた。

「なに？　なに？」

と驚くミドリに、

「この奥に隠してるんだよ。職質受けても絶対に見つからないっしょ！」

と、俺は得意げに言って右手をカーステレオが入っていた奥に突っ込みながら助手席に座っているミドリにキスをした。

民族雑貨屋さんで買った、セットが一式入ったポーチを取り出し、カーステレオを戻してからパイプにマリファナを詰め込んだ。パイプをふかし、息を止めて煙を肺に溜め込む。ライターでパイプに蓋をするようにしてミドリに渡した。同じように吸い込み、お互いに息を止めて真顔で見合った。

同時に笑いながらむせた。

「ヤバいねこのシチュエーション！　ウケる！」

俺はそう言いながらパイプを受け取りもうひと吸いした。気付くとパイプを渡す度にキスをしていた。

このままじゃちょっと目立つなと思い、パイプとそれら一式をカーステレオの裏にしまい車の外に出た。

近くの自販機で水を買ってカラカラな喉を潤すと、そこは山下埠頭のコンテナが積んである会社のエントランスだった。

水を飲んでいるミドリの手を引いて、ちょうど人ひとりが通れるくらいの幅のコンテナの間に入っていった。

「どうしたの？　なに？」

と言うミドリに、ベイホールに戻る前にセックスしたいとストレートに言った。

「ウケる。私も」

と言い、キスをしながらお互いの体を弄った。服の中に手を入れ、乳首に触れそうで触れないように優しく揉んだ。何度も乳首だけをわざと避けるかのように優しく。

そして後ろからパンツを少し下げて指先でかき分けて確認した。

「んっ」

挿れた瞬間にミドリの口から声が漏れた。

ミドリは両手を左右のコンテナにつき、声が出ないように下唇を噛んでいた。その噛んでいる唇を解放するように後ろから羽交い締めにしてキスをした。そして深く深くゆっくりと腰を振った。そう、爆音で鳴るスピーカーの前で踊るかのように。


車に戻り、置いてあったウェットティッシュで体を拭いてから、パイプに残っていたのをひと吸いずつしてベイホールに戻った。

ちょうど三時くらいで、ステージではＦＩＲＥ ＢＡＬＬが歌っていた。

俺らを見つけたヨーくんが気を使ったのか、大人な対応で「彼女も飲む?」と言ってミドリの分のテキーラも手渡してくれた。

「チェイーーーッ」と謎な音頭で乾杯した。

ジュンもミドリのことには別に何も触れずに乾杯した。

なんか奢ってもらってばかりもなんだなと、チェイサー代わりにチャイナブルーを人数分買ってまたみんなと乾杯した。

そしてＦＩＲＥ ＢＡＬＬのステージも終わり、前から引いてくる客と逆流するように俺たちはスピーカーの前に行った。

相変わらず細胞が入れ替わるような、肌に泡が立つ爆音に体を揺らした。

そうこうしていると四時くらいになり、ミドリの友人も二人合流してまたテキーラで乾杯してからベイホールを出た。

ミドリたちを乗せた車は石川町の中華街寄りにあるデニーズに流れついた。もうこの時の記憶といったら危なっかしいもんだ。

ヨーくんはどこにそんな元気があるんだってな感じでトンカツ定食を食べていた。ジュンに関してはまた生ビールから始めている感じだ。夜遊びのバケモンだ。

そんな俺はドリンクバーでブラックコーヒーとチョコレートパフェ。まぁ人のこと言ってらんねーじゃんって組み合わせで、案の定ミドリを筆頭に女性陣から「パフェかよ！」って突っ込まれていたような――。

そこらへんまでは覚えているんだけど、そのあとみんなはどうやって帰ったんだろうか。

とりあえずベッドから起き上がってシャワーを浴びにいく。だんだんとクリアになっていく脳内で、朝ミドリとの別れ際にした約束を思い出した。

今日、スケートし終えたらミドリを迎えに行かなきゃ。

ゴールデンウィークも終わり、落ち着きを見せかけた「マイカル本牧」に映画を観に行く約束をしていた。

また次の日も会いたいなんて思う娘は久々だ。とりあえずまだ十三時。うみかぜ公園にスケートしに行ってからミドリにメールしてみよう。

ON VIDEO

THE PRO'S CHOICE
IN VIDEO MAGAZIN
BIG STUNTS BIG DEAL
BAM QUESTIONS AUTHORITY
BARREL OF MONKEYS
READY TO RUMBLE
DANNY WAY LIVING LEGEND
ALSO FOOTAGE OF JEREMY WRAY ED TEMPLETON
SEAN SHEFFEY MARK GONZALES MATT HENSLEY ERIC KOSTON AND MORE
ON VIDEO
SkateBoarding™
SUMMER 2000 PREMIERE ISSUE

世間的な海開きはまだ先だったが、俺たちは建設途中の海の家が並んでいる砂浜で、コンビニで買ってきた酒を飲みながら女の子たちと花火をしていた。

誰が最初にどこで知り合って仲良くなった娘たちだったかよくは知らないが、とにかく俺の横でクールにガラムを吸っているヨーくん繋がりなのは確かだった。

その日も夕方からスケートスポットに行って居合わせた面々とスケートゲームをしたり、いつもと変わらず普段やっているトリックの数々を無難にメイクして現状維持確認的な惰性なスケートボードを嗜んでから、近くの公園の水道で汗を流して着替えが終わったくらいだった。

「今夜さ、女の子と遊ぶ約束してるから来ない？」

ヨーくんが女の子と遊ばないかって持ちかけてきた時は、もう大体ヨーくんがメイクしてて飽きてきた娘とかなんだよなーと、ちょっと冷めた感じで思いつつ、でもいつもヨー兄貴様々だよなー、本当に流石過ぎる。と、変なリスペクトを胸にしまい、二つ返事でOKした。

とりあえずいつもの流れで、近くのスケートショップに冷やかしヨロシクなスタイルで、発売されたばかりのスケビをチェックしに行った。

「おう、オメーらまた来たか！　何にも買わねー冷やかしならごめんだぞ！」と店主はいつものように冷たくあしらうが、今日は誰それがどこそこから来ていて何をメイクしたとかの話にはノッてくる。本当にこの人もスケキチだ。

そんな会話の最中、俺は棚に最新ビデオ『ＯＮ ＶＩＤＥＯ ２０００ ＳＵＭＭＥＲ』を見つけてレジに持って行った。

「なんだ！　気を使って買い物か⁉」と言ってきたが、気持ち割引きをしてレジを打ってくれた。

俺はすぐに車のキーでビデオのシュリンクを底だけ切って取り出し、店のビデオデッキに入れた。

いままで会話に夢中だったみんなが静かに画面を見始めた。

スケーターはみんな初見のビデオには静かに期待をしてオープニングを見守る習性みたいなものがある。

『ON VIDEO』はいままでのビデオマガジンとは違い、少しオシャレで文化的な雰囲気がするシリーズだった。俺はそれがすごく好きで欠かさず買っていた。今号もやはりオープニングが始まって一、二分はスケートシーンが出てこないで風景の早回しなどが画面分割などの構成で流れ、その映像の上に手書きのテロップで目次的にビデオの裏ジャケに書かれていたものが流れる。

それを観ながら俺は得意げに言った。

「このテロップの手書き文字あるじゃん。これナタスの手書きなんだよ」

ちょうどオープニングでのスケートシーンが始まりエド・テンプルトンが十三段のキンク付きレールでボードスライドフェイキーをメイクした。みんなが口を揃えて、「オォー」と言った。

「このさ、テンプルトンが着ているグリーンのTシャツの色、エメリカ・グリーンが世界一似合うのはテンプルトンだよねー」とか言ってると、みんなに「ちょっとは黙って観れねーのかよ！」と言われ、自分も黙って観ることにした。

二十時近くになり、ビデオはまだ中盤あたり。クリス・セン、マイク・マンズーリと連続で出てきて「渋すぎでしょ」と言おうとした瞬間には、ライアン・ケンリッヒがテクニカルなトリックを決めてみんなが口を揃えて「オッー」と声を漏らしていた。

全て観終わる前に閉店時間となり、夜スケに行くメンツには上手く嘘をついて、ヨーくんと女の子を迎えに行った。

逗子市役所前のコンビニ前で路駐して待っていると、ヨーくんが京急新逗子駅のほうから両手に花状態でワンピース姿のギャルを二人連れて歩いて来るのがバックミラー越しに見えた。色男なだけにちょっとした映画のワンシーンのようだった。

後ろの座席にギャルを誘導しつつ「ユーコちゃんに、こちらがマキちゃん。でこちらがユウくん」と自分が助手席に座るまでにスマートかつジェントルにみんなの自己紹介までそつなくこなすヨーくん。

「これがモテる男か」と脳内で噛み締めながら俺はギアをドライブに入れ、葉山方面に車を走らせた。車中ではたわいない、自己紹介に毛の生えたような話をした。

すぐに葉山に着いた。ちょっと住宅街に入った建設中の低層マンションの前に路駐し、コンビニに酒と花火を買いに向かった。細い道で自然と車道側をキープしてマキの横を歩くヨーくんの真似をして、俺もユーコの車道側をキープしてジェントルに振る舞った。

コンビニに入り、女の子たちは定番の瓶のジーマを何本か選びそれらをカゴに入れて花火売り場に移動した。花火を選ぶユーコの首元から派手な色の水着がチラチラと見える。なるべく見ないようにはするのだが嫌ってほど視界に入ってくる。これだから蛍光色ってのはたまらないな。ゴクっと喉が鳴りそうな瞬間、不意にユーコが振り返った。

「ユーくん、どんな花火が好き?」

一瞬動揺してしまい「蛍光色」と答えてしまいそうだったが、慌てて、「線香花火かなー」とド渋な返答をしてしまった。

「なんか可愛いね！　じゃあ線香花火も！」と言ってカゴに入れてきた。

俺とヨーくんでコンビニで買い出しした袋を持ち海岸へと向かった。夜のビーチでは、いい感じに等間隔を空けて数人のグループが花火をしたりお酒を飲んだりしていた。俺たちはほとんど人がいないビーチの端の岩場のほうに陣取って乾杯をした。

もう完璧に熱帯夜のようなうだる暑さの夜、潮風に吹かれながら一気に飲むビールは最高だった。

昼間のスケートでかいた汗がまだじっとりと残っている感じが嫌だったので、俺はいきなりパンツ一丁になって海に走っていき飛び込んだ。海から顔を上げて振り返ると、みんながビックリして爆笑していたがユーコだけがノリよく、「ずるーい！　私も泳ぎたい！」と服を脱いでいた。

服の下に水着を着込んでいたユーコとマキはキャッキャ言いながら二人ですぐ

に水着になり俺の後を追ってきた。ヨーくんは上半身裸になっていたが、スケシューの靴紐をきつく縛っていたのかズボンを脱ぎにくそうにしていた。

二人が波打ち際に入ってきた時に、俺はウケを狙ってパンツを脱いで全裸になってみた。だが、まだ腰近くまで海に浸かっていたし、真っ暗だったので気付かれないままだった。

バシャバシャと水を掛け合ったりしながら二人が近くに来た。

その瞬間にいきなり俺は、『八つ墓村』宜しくなスタイルで海の中で逆立ちをして暗闇の波打ち側にフルチンで倒れた。まだ会って三十分くらいしか経っていない女の子二人に悪ふざけの先制パンチをかましてみた。

「キャーッッッ！」

ほぼ悲鳴みたいな笑い声でウケてくれたようだ。砂まみれになった頭を軽く海水で流してみんなのほうを振り返った。そこにはまさかのヨーくんが、余裕の全裸で海に入ってこようとビーチをゆっくりと歩いていた。ユーコとマキはそんなヨーくんを指差して爆笑していた。俺が全裸で逆立ちしていたのは見ていなかったらしい。

何もなかったかのようにヨーくんは海に浸かりながらジョイントを吸っていた。ちょうど二服してから俺に回してくれた。俺も肺いっぱいに吸い込んだ。何を吸っているのか気付いた彼女たちも無言で手を出してきたので右から回した。少しの間四人で波に揺られながら夜空を眺めた。

砂浜のほうで手持ち花火のあかりが、うっすらと視界に入り我に返る。


「ちょっとなにこれ!?」

ユーコが俺が脱いだパンツを手に持っていた。

「パンツが流れてきたんだけど！」

と言って横のほうに投げた。焦って俺が取ると、

「マジ!?　ユーくんの？」と爆笑。

「ってかなに脱いでるの!?　ウケるんだけど！　二人ともマッパじゃん！」と
マキが言った。

するとヨーくんが、「だって海じゃん」と正論っぽい感じで答えた。

それを聞いた二人はまたもや爆笑。釣られて俺らも爆笑した。

「喉乾いたね」と誰ともなく発し、海から上がりまたビールを開けた。もう真っ暗だしヨーくんと俺は気にせずそのまま全裸で乾杯をした。

「二人ともチョー野生児だね。自然にずっとマッパじゃん」とマキが言いながらまた爆笑し始めた。その横でユーコが買ってきた花火に火をつけた。

パチパチパチッと音を立てて手元が朱色に明るくなった。ふざけたユーコが俺のチンコを花火で照らして爆笑し始めた。もはやエロいとかではなく小学生の悪ふざけだ。そんな悪ふざけを繰り返しながら、ずっとフルチンでビールを飲んでいた。

ビーチの外れで真っ暗闇。花火が消えると手元も見えないくらいの暗闇になるからちょうどいい。気付けばヨーくんたちが見当たらない。絶対どこかでよろしくやっているはずだ。

「ちょっと泳ごうよ」

俺はユーコの手を引いて海に入った。

真っ暗闇の海は波の音しか聞こえてこない。もうこの世界には俺たち二人しかいないかのような錯覚に陥った。

少し波に揺られながら星を見上げた。二人にはもう会話なんてなかった。腰まで海に浸かりながら、ユーコの下の水着の紐を左側だけほどいた。キスと同時くらいにそっとお尻の割れ目に沿って中心に指を沿わせた。

「ん、ダ…、」

ユーコが声を漏らす前にキスでその続きを塞いだ。夜中のビーチで高まったカップルがそのままキスを続けた。

海の中ではさっきまで花火に照らされていたチンコが硬くなっていた。そっとユーコの手を誘導して握らせた。同じようなテンポでお互いのあそこを軽く触り合い、そのまま波に身を任せて波間を漂っていた。

俺の肩くらいまでな深さに辿りつくと、ユーコは俺の体に捕まっていないと足が着かなくなっていた。そこでゆっくりと優しく挿れた。あまり動くと海水で痛くなりそうだったから、動かずに挿れたままプカプカと波に身を任せてキスをしたり星を見ていた。

なんだろう？　これってセックスしているのかな？　ってなぐらいリラックス

して波に身を任せていた。

「おい！　お前らあんま沖行くと危ねーぞ！　足引っ張られても知らねーぞ！」

と声が聞こえてきた。

ちょっと目をこらすと砂浜でヨーくんがいつの間にかパンツを履いて酒を片手にこちらに声をかけてきた。さすがに心霊系な注意で冷めてしまった。

「あ、ごめんごめん。すぐ上がるわ」と返事をして砂浜のほうへと向かった。

浅瀬になる前にユーコに水着をちゃんと着させ、俺はまだギンギンだったから泳いでる雰囲気のままチンコが水面から出ないように波打ち際に座った。

「ごめんね。イケてなくて」とユーコが横に座り手でしてくれた。きっとヨーくんたちには、波打ち際に座ってキスをしているだけの後ろ姿に見えているだろうと思いながら、そのまましてもらった。ちょうど打ち寄せる波がキンタマにあたり、ユーコがしてくれるリズムと合ってすぐに出してしまった。

ユーコは俺の顔を見ながらイタズラに、「ふふ、海に出したね。なんか壮大でウケる。今度はちゃんとしようね」と言ってキスをしてきた。

俺はちょっと落ち着くまでそのまま波に打たれ、ヨーくんたちにバレないようにチンコを海水で洗った。

そそくさとみんなのところに戻り、パンツを履いてビールを開けた。

ヨーくんが花火を片手に「お前、海でしたの？　ヤバくね！」と言ってきた。

慌てた俺は、「いや、やってねーし」と焦って言ってみたもののバレバレだったようだ。

「確かにやってないもんな、手でイってたし！　俺はマキとあそこの海の家の裏でしてきたし！」と爆笑した。

相変わらずデリカシーがない先輩だな、ユーコもマキも引いてるじゃんか。と二人を見ると二人とも笑っていた。そうか、ここは笑うところかと、とりあえず俺も笑ってみた。そのまま残っているビールを飲みながら線香花火をしたりしてみんなでワイワイしていた。

そんな中、ユーコがトイレに行くと言い出し、怖いからという理由で俺がついて行くことになった。トイレの外で待ってると言ったが、怖いから来てと手を引かれて個室まで一緒に入ってしまった。

決して綺麗とはいえない狭い個室の中で二人の体が触れ合った。

「さっきはごめんね。私が手でしたから笑われちゃったね」と言いながらキスをしてきた。

気付いたらさっき出したばかりなのにもう後ろから挿れて腰を振っていた。

とにかくさっきの不完全燃焼と悔しさと、清潔とはいえないトイレの中での行為を早く終わらせたくて腰を振りまくった。

「んっ」

俺はユーコが横にずらした蛍光色の水着の上に出した。

トイレの蛍光灯の下で眩しいくらいの蛍光色の水着の上に、どんなにかき混ぜてもそのはっきりとした蛍光色は絶対に薄められないだろうと思えるくらいの量の自分の精子を少し眺めてから、トイレットペーパーで拭いた。

トイレからの戻り道、俺は明日の日曜日はどこにスケートボードをしに行こうかと考え始めていた。同時に、頭の片隅でユーコとの初めてのセックスはトイレじゃない所がよかった、と少し後悔をした。

PEEP THIS

ZOO YORK MEDIA GROUP PRESENTS
PEEP THIS
A VIDEO BY R.B. UMALI

夏に終わりなど来ないと思っていた時期がある。少なくともその時だけは。そう、その時だけは――。

この週末もいつもと変わらず、スケート後に夕方から毎週のように顔を出しているスケートショップで、発売されたばかりのZOO YORK MEDIA GROUPからリリースされた『PEEP THIS』を観ながら雑談をしていた。オープニングが始まる前にマイク・カルドナの訃報を伝えるRIPパートが流れ、みんな神妙な面持ちで観入っていた。

弟でもあるクイム・カルドナとのB to Bからラストのシャッター前のレールで

の50－50をメイクした後の背後でクイムが拍手を送っている映像で締められるそれは、グッとくるものがあり、みんなも観ながら静かに拍手を送った。

そして本編が始まり、イーストコースト作品らしいヒップホップのオープニングが流れた。

スペンサー・フジモトが、オレンジ色のオーバーサイズなDCのTシャツにLYNXを履いてキックフリップからのノーズマニュアルを高低差のあるアウトでメイクしたくらいの時に、店主が不意に喋り出した。

「そういえば、横須賀中央のムラサキスポーツと合同で、うみかぜ公園で年に何回かコンテストをやることになったから。お前ら出ろよな」

「えー、コンテストかよー、ダリー」

わざとらしく俺が批判的に言うと、「お前、もうプロ辞めて二年くらい経ったからアマチュアで出れるだろ！　出ろよ」と念を押された。

「考えとくわー」と、そっけない返しをして、その日もいつものように夜遊びに出かけた。

それから数ヶ月経ったある日。その日もいつものように現状維持なスケートボードをこなしてからスケートショップに顔を出し、ビデオを観たりと談笑していた。

「明日、朝の九時にはうみかぜ来いよ！　エントリー数が少ないのが一番テンション下がるから、冷やかしでもおふざけでもいいから出てくれよな！」と、ちょっと寂しそうに店主が言った。

俺らは、「はいはい、気が向いたらねー」と店を後にし、桜木町方面に夜スケしに行った。

この日は横浜ローカルも明日のうみかぜ公園でのコンテストに向けてなのか、数も少なく盛り上がりに欠けた。なんだかんだ言って結構みんなコンテストに出るのかー、つまんねーなーとか思いながらスケートを終え、夜遊びメンツと合流し、石川町の通称〝Bボーイ居酒屋〟と俺らが呼んでいたロゴスの並びにある白木屋で飲み始めていた。

この居酒屋はクラブに行く前の待ち合わせ場所にも使われていて、週末は周りを見渡すとBボーイ、Bガールばかりだった。この場でいくら可愛い娘がいても声をかけずに、クラブに入ってから居合わせたら「さっき白木屋にいたよね？」

とかダサい第一声で声をかけて仲良くなったりもしていた。

例により、今夜もそんな手口で気付いたらレゲエダンサー風の二人組とテキーラで乾杯していた。

フロアに戻るとドクター・ドレ feat．スヌープ・ドッグの『STILL D.R.E.』が流れていて、いつものメンバーが右前のスピーカー付近にいた。軽く拳で挨拶をして爆音に身を委ね、さっきのレゲエダンサー風な女の子の腰に手を当てながら名前を聞いた。

「ミク」と名乗るその娘に、「そろそろ俺は帰る」と告げた。

「何で？　来たばっかかじゃん？　もっと飲もうよ」と、バーカウンターに手を引かれて連れていかれた。

「さっきは奢られたから、今回は私が奢るから飲み終わるまで帰っちゃダメだよ」と、テキーラロックを差し出された。

「ありがとう」と伝え、ちびちびと飲み始めた。

ミクはすかさず、「なんでさっきもう帰るって言ったの？　私って魅力無い？」と言い出した。

「いやいや、ミクちゃんはキュートでセクシーでダイナマイトで魅力たっぷりだよ！」と、ふざけた感じで俺はミクの耳元で言った。

「ちょっ、ふざけないでよ！」と笑ってくれた。

「本当のことを言うと、明日スケートボードのコンテストが横須賀であって、出るなら九時には行かなきゃなんだよね」と、大会に出るような雰囲気で伝えた。

「うそ！　あと六時間後じゃん！　ってか横須賀ってうみかぜ公園？　うち近所だし！」

「マジ？　したら俺車だし今日送るよ！　で、そのままうみかぜ行って駐車場で仮眠とってからコンテスト出るわ！」

「ウケる！　いまテキーラロック片手な人があと六時間後にコンテスト出るって言ってる！」

とびっきりの笑顔を見せてミクは俺の手に指を絡ませてきた。

俺たちはまた乾杯をしてフロアの左後ろのスピーカーの前に行ってゆっくりと踊った。

気が付いたら五時近くになっていた。あれからバーカウンターとスピーカーの前を何往復したんだろうか？　結構酔っている自分に気付いた。

灯りがつき始めたフロアの隅、ミクの耳元で「送って行く前にホテル行かない？」と言うと、ミクは無言で頷いた。


路駐していた車に乗り込みキスをした。外はうっすらと明るくなっていた。石川町駅周辺のラブホに入った。すぐにキスをしながらベッドに倒れこみ、服を脱ぎながら有線のチャンネルをB29に合わせてボリュームを上げ、ロゴスのスピーカー前で腰を合わせて踊っていた時のようにゆっくり、そしてそのまま激しく求め合った。目を閉じるとまだダンスフロアにいるかのような感じがして、ミクの中心の熱さめがけて突いた。

日焼け跡が眩しいミクのおヘソの下に射精をして、そのまま二人とも眠ってしまった。

どうやら一時間ちょっと寝てしまったようだ。いつの間にか有線のボリュームが下げられていて、玄関のほうの風呂場からお湯が出ている音が聞こえた。

全裸のまま、風呂場の戸をノックして入ることを伝え、戸を開けた。

シャワーを浴びているミクに後ろから抱きつき一緒にシャワーを浴びた。次第に復活してきて、そのまま風呂場で二回目をして、お湯を張った風呂に二人で浸かった。

「このままコンテストに出るの？」

普通にミクが聞いてきた。そういえばミクはうみかぜ公園の近くに住んでいると言っていたがどこだろう？

「ミクを送ってからコンテストに行くねー。ってか、家どこなの？」

「馬堀海岸！　うみかぜ公園から近いでしょ！」

「近いね。ちゃんと送っていくから安心しなって」

そう言いながら風呂から上がり、時計を見た。七時四十分を少し過ぎていた。ラブホから出る支度をして、近くのデニーズに朝ごはんを食べに行った。ミクも俺もセックスをして少し寝て風呂にも浸かったからかお腹がペコペコだった。

「お腹減ったー、これにする！」

ミクはニコニコしながら和食の朝定みたいなメニューを指差していた。ちょうど俺もそんな気分だったから同じものを頼んだ。

本当にニコニコしていて気分のいい娘だ。そういえば歳を聞いてなかったがそんなのはいいか、と思い、ちょうど出てきた朝定食を食べた。

「ねぇ、デザートにパフェ半分こしない？」とミクが聞いてきたので、快く承諾して朝っぱらからチョコブラウニーパフェを半分こした。

朝日が眩しく差し込む通り沿いのデニーズは、次第に近隣の老夫婦などが朝食を食べに来て混んできた。時計を見ると八時半を少し過ぎていた。

ミクが気づいたように言った。

「時間平気？　私電車で帰るから、高速でビャーッてうみかぜ行きなよ。コンテスト出るんでしょ？」

そこまで言われたら、もう俺はコンテストに出るしかない。出るつもりなんて無かったのに――。

「ああ、でもミクを高速でビャーッて送ってからうみかぜに行くよ。九時過ぎても練習時間とかで始まるのは十時くらいだろうし」

デニーズを後にして高速に乗った。横須賀インターを降りてから市街地へ出る新道を抜けると、左手に横須賀米軍基地が見えてきた。

「いままで家族でこの道を通ることが多かったけど、いつか好きな人の車の中から見るのかなーって思ってたんだよね」

助手席のミクが基地を見ながら唐突に意味深に言い始めた。

俺が「それはいつくらいに来るかねー?」とはぐらかす感じで返したら、「バカ、鈍感!」と言われた。

ああ、やっぱりそうだよな。俺ってわかっちゃいるんだけどもいつもこんなだよなーと思っていると、カーステレオからMOOMINの『MOONLIGHT DANCEHALL』が流れ始めた。

「この曲好きー」と、ミクが気まずい空気をかき消すかのように言い、「夜の海で聴きたいなー」と続けてボソっと言った。

「今度聴こうか? ラジカセ用意しておくよ」と俺は言った。

「今度っていつ? そもそも私たちさっき知り合ってまだ電話番号も交換してないじゃん」

ミクは不機嫌そうに言った。

ちょうど曲が終わり車内は静かになった。信号で止まると、ちょうどうみかぜ公園の入り口交差点で、左側に見えるパークではすでにコンテストに向けて練習している数十人のスケーターが見えた。

「すごい！　もう沢山練習してるよ！　これに出るの？」

ミクがキラキラした目で俺を見て言った。

「ああ、このあとミクを家まで送ってから出るよ」

「出たらどうなるの？　優勝とかしちゃうの？」

「ああ、優勝しちゃうね。クラブ行ってから、ラブホ行って二回エッチをした後に！」

俺は笑いながら言った。

「うそだー！　ってか朝から二回したね」って笑いながら返してきた。

「もし優勝したら、また二回ヤラせてくれる？」

「うーん、考えとく！　私の家、このコンビニの近くだから、ここで降ろして」

俺は車を停めた。

「またね！」と言われ車のドアが開いた。

「また会えない？　電話番号は？」

珍しく俺の口からそんな言葉が出た。素直にまた会いたいって思ったからだ。

「うーん、考えとく」と、ニコニコしながら言われた。

「考えとくって、もう会えなそうじゃない?」

「後でうみかぜ公園に行くよ。何時くらいに行けばユーくんの優勝が見れる?」

「午後の三時くらいかなー?」

「じゃあ、そのくらいに行くね」と、軽くキスをしてコンビニの向こうに消えていった。


十時くらいに会場に着いた俺は、昨日夜スケをしたメンツと挨拶を交わした。

「酒くさー! ってか、昨日の夜と同じ服じゃん!」と指摘され、「あの後に居酒屋行ってからクラブ行ってラブホ行ってデニーズ行ってからのいまだわ」と、できるだけクールに言った。

「マジか! やるなー! で、どんな娘よ?」

「夕方くらいにここに来るって。近所なんだよ。いま送ってきたけど」

「楽しみだなー。その娘、友達連れてこないかなー?」

「とりあえず、エントリー確認してちょっと練習するわ」

俺はその場を離れ、手続きを済ませてからいつもの現状維持なトリックを数発やって体の調子を確認した。


コンテストが始まった。

二年ぶりのコンテストは、いくらアマチュアとはいえ緊張する。元プロが決勝にも上がれなかったら情けない。そのとき用の言い訳として、夜遊びをしてそのままここに来ているのかもしれない自分を、少し情けないなと思った。

自分の滑走順が回ってきた。

まぁローカルパークだし、夜遊びの朝帰りのままだから無理はせずにいつもやっているトリックでそつなくノーミスで予選を終わらせた。

まさかの予選一位通過だった。

そのまま決勝もそつなく無理せずで、回しトリックを一つもせずに、イーストコーストよろしくなスタイルで50－50グラインド、リップスライドなど、リッキー・オヨラか、はたまたキース・ハフナゲルを意識したようなスタンダード・トリックを駆使し、うみかぜのセクションをくまなく使った。

ラストトリックで駐車場側のフェイキーバンクからクォーターに予選ではバックサイド50‐50グラインドをしていたトリックを、決勝ではバックサイド・ノーズグラインドにしてみた。安牌狙いでリップ側ではなくR面側に重心を合わせて失敗する確率を低くし、難なくメイクした。

「おおーーーッ」

ラストトリックをメイクした後に会場が沸いた。

ノーミスでこなし、決勝のラストトリックで難易度を上げたからだろう。嬉しい気持ちを隠し、クールを装いながらコンテスト会場をはけた。

不安と緊張が解け、二日酔いの体が正直になり、会場から少し離れた芝生側のトイレで吐いた。口をゆすぎ、顔を洗って会場に戻ろうとパーク側にプッシュしていたら歩道のほうにミクが見えた。

「すごい盛り上がってたね！　最後のほうちょっと見れたよ！」

「ありがとう」

テンション低く返すと、ミクは心配したように「どうしたの？」と顔を覗き込んできた。

「いまちょうど、めっちゃ吐いてきた。二日酔いだわ。誰かさんがテキーラロックばかり飲ませるから」

俺は笑いながら返した。

「ごめんね。でもカッコよかったよ！」

ミクと一緒にパークに戻るとみんなが最後のノーズグラインドはヤバかったと絶賛してくれた。そしてミクに気付くと、何人かミクに会釈をして俺の肩を小突いたりしてきた。

「そういえば電話番号教えてよ。今日もしたいな」

俺はミクに言った。

「うーん。優勝したらね♪」

ミクはいたずらに笑った。

Edward Sebastian

MISLED
YOUTH

夏に終わりなど来ないと思っていた時期がある。少なくともその時だけは。そう、その時だけは――。

呆気なく優勝をした。

前の晩クラブに行って、酒をたらふく飲んで明け方からラブホに行ってその足で出場した大会で。

表彰が終わり、抱えきれないくらいの商品をゲットした俺は、かさばる物からギャラリーのキッズに配った。デッキ、シューズ、パーカーと。

大会のエントリー費が千円くらいのローカルな大会でこんなにも商品が出るってことにも驚いたが、俺から賞品のデッキをゲットしたキッズたちの嬉しそうな顔と尊敬の眼差しが痛いほど眩しかった。

気付いたら俺は大人になって淀んできていたのかもしれない。

そろそろ商品の中から自分の手元に一つくらいは残しておこうかなと思い、細かな商品が入っているムラサキスポーツのショッピングバックを覗き込んだ。

中には在庫処分的なエアフレッシュナーとかスポーツタオルやレンチ、もう無くなってしまったブランドのTシャツなどが入っていた。その奥に手を突っ込み探るとビデオらしき物が手に当たった。どうせ在庫のクソビデオだろうと思って一応確認してみると、リリースされたばかりのZERO Skateboardsの『Misled Youth』だった。

ちょっと店頭で観たことはあったが、あまり好みでは無かったし買ってはいなかった。ちょうどいいタイミングだから大会の賞品はこのビデオと、ちょうど着替えが無かったからいま着替える用にTシャツだけゲットすることにした。

残りのレンチやらエアフレッシュナーなどが入ったムラサキスポーツの袋を

キッズにあげた。

デッキとビデオとTシャツだけを片手に、ボウル脇の芝生に座っているミクの元に戻った。

「優勝おめでとう！　本当に優勝したね！」と、ミクは興奮気味に言いながら続けた。

「たくさんもらったのにここに来るまでにビデオとTシャツだけになっちゃたね！　でも、ユーくんから賞品をもらってた子たちすごい喜んでたね！」

ミクも俺を尊敬の眼差しのような雰囲気で見てくるから何か照れた。

「飯行かない？　朝デニーズで一緒に食べてから何も食べてないんだよね」

ミクの話に素っ気なく頷いてから俺はそう言った。

「大会優勝したのに嬉しくないの!?」と聞かれ、「数年前までプロだったしこれはローカルな大会だから」と少し鼻につく言い方で答えた。

「つまんないの。優勝は優勝なんだからもうちょっと喜べばいいのに！」

確かにミクの言う通りだ。優勝して嬉しくないワケもなく、少しカッコつけていたなと思った。

夕方、昨夜クラブにいたヨーくんも迎え酒なのか、6パックのビールを片手に来ていた。

「優勝とかヤバくね⁉」とビールを手渡してくれた。

乾杯しながら昨夜の話をしていると、気を使ってかミクにもビールを手渡しながら会釈をして「昨夜お会いしましたよね？」と差し支えないように挨拶をした。

俺は真面目な顔をしながらヨーくんに紹介した。

「あ、こちらはミクちゃん。俺の大事な人」

ミクは満更でもない顔でニコッと笑ってヨーくんに会釈をした。何だかこういう雰囲気がすごく嬉しかった。

腹が減っていた俺は、ヨーくんも一緒に飯に行かないかと誘ったが、「ミクちゃんとお二人でどーぞ♪」と、少し茶化すような感じで、まだスケートしているみんなのほうにビール片手にプッシュしていった。

賞品でゲットした、もう無くなったブランドのTシャツに着替えて車に乗り込んだ。

「人の名前が書いてあるね！　有名なスケーター？」

ミクが笑いながら聞いてきた。

確かに俺が着替えたTシャツには、〝Edward Sebastian〟と左胸に刺繍されていた。スケートブランドにしては結構しっかりしたアウターなどもリリースしていてライダーも一時期マット・ヘンズリーも在籍していたブランドでカッコよかったのだが、なぜか短命だった。そしてエドワード・セバスチャンっていう人物名のブランド名もかなりイケていた。

「いや違うよ。人名みたいなブランド名なだけだよ。面白くてイケてるでしょ」

と答えてエンジンをかけたと同時に『BARRIER FREE MIX』がカーステレオから流れ、ラッキー池ちゃんのゆるいガンジャチューンが聴こえてきた。

「ユーくんってガンジャ吸うの？」

助手席に座ったミクがいきなり尋ねてきた。この返答は難しい。頭ごなしに否定してくる人もいるワケだし、何て答えるべきか。

「うーん、時と場合によるかなー？」と、ものすごい曖昧に答え、続けて聞いた。

「飯何がいい？　ハヤシライスでいい？」

「え？　ハヤシライス限定？　聞いたことないしそんなの！　ウケる！」

「いや、マジでハヤシライスが美味いんだよ、カツ乗せられるし！　でも店が超汚いの！」

「てか、選択肢もう無いじゃん。ユーくんそれが食べたいんでしょ？」

「よし！　決まり！」

半ば強引に決め、車をそのお店があるドブ板通りの入り口方面へと走らせた。

時刻はまだ十八時半過ぎぐらいで、夏が終わらなそうな、夕暮れ時の空が広がっていた。


「一福」と書かれた看板の定食屋の前に路駐して、汚い開きっぱなしの扉から暖簾をくぐって店内に入った。

四人掛けの、半分は漫画と週刊誌で埋まっているテーブルに座ると、ミクは小声で囁いた。

「本当に汚いね。でも美味しそう……」

続けて、「ハヤシライスっていうから洋食屋さんかと思ったら、こんな煮込みとかもあるお店だなんてウケる！」とテンション高めで楽しんでくれているようだ。無愛想な店員さんにカツハヤシ二つと瓶ビールを注文した。

ワンカップの空き瓶のようなグラスにビールを注いだ。

「優勝おめでと♪」

乾杯されて、こういうのも満更でもないなと嬉しくなった。

二日続けて同じ女の子と逢うっていうのも久しぶりだし、冗談半分で言った「大会で優勝したら……」みたいなことも本当に優勝しちゃったしで、ちょっと高揚している自分がいた。

「俺さ、二年前までプロだったの。で、アマチュアに戻って初めての大会だったんだよね。それで優勝しちゃったし、ちょっと自信出たから来月にある全日本の大会に出てみようかな？」

何もわからないであろうミクにだからこそそんな事をサラっと言えた。

「それってどうなるの？　全日本？」

「ＡＪＳＡって全日本スケートボード協会の大会なんだけど、そこの大会で成績残せばプロになれるんだよ。年間ランキング10位以内に入るか、一回でも優勝すればプロに……」

「じゃあ、もう一回プロ目指すってこと？」

「まぁ、そんな感じになるかな？　今日大会出てみて楽しかったし」

「いいじゃん、いいじゃん！　私応援するよ！」

そう言って、空になったグラスにビールを注いでくれて、また乾杯をした。

ちょうどそのタイミングでカツハヤシも運ばれてきた。

「いただきます」

とお互いに言い、スプーンでハヤシライスのソースがかかったカツを口に運んだ。

お腹もいっぱいになり、二人で一階がガレージになっていて車が駐められるタイプのラブホに入った。途中のコンビニで買ったお菓子やお酒などが入った袋に、大会でゲットした賞品のビデオを突っ込んで。

ガレージから上がる途中の階段でキスをしながら部屋に入った。コンビニ袋からビールを取り出し、冷蔵庫に入れてから着ていた服をベッドの上に投げ出しながらソファでセックスをした。

汗ばんだ俺のケツや背中が、赤い革張りのソファに触れると、まるでローションを垂らされたかのように滑った。そんな俺の上にまたがり腰を動かすミクもまた汗ばみ、密着している箇所が曖昧になるまで二人で腰を動かした。

有線もＴＶもつけていない薄暗い部屋には、濡れた音だけが響いていた。

風呂から上がり冷蔵庫から缶ビールを取り出して乾杯した。ちょっと一息といった感じで、俺が大会でゲットしたビデオを、部屋に備え付けのメーカー名不明のビデオデッキに入れた。

ＺＥＲＯ Ｓｋａｔｅｂｏａｒｄｓの『Ｍｉｓｌｅｄ Ｙｏｕｔｈ』は、オープニングからペイルヘッドの『Ｉ Ｗｉｌｌ Ｒｅｆｕｓｅ』に乗せてスラムのシーン満載だった。

「すごっ！　手すり滑ってるし、超コケてる！」

ミクが驚いていた。

続けざまに、「これもスケートボードなの？　こういうこと普段やってるの？」と聞いてきた。

「これもスケートボードだよ。音楽にロックやヒップホップとかジャンルがあるのと一緒な感じかな？　俺はこういうことはできないよ。チョー怖いでしょ、こんなの」

そう答えてバスタオルを巻いただけのミクを後ろから抱きしめ、ベッドに腰を下ろした。

洗い立ての髪の毛からラブホの安いシャンプーの匂いがする。しょっちゅう嗅いでいる匂いなのに、ミクだから心地よく、良い香りに感じる。

真剣な眼差しでビデオを観ているミクに、つまらなくなってきた俺は後ろからバスタオルをかき分けて、組んでいた脚の間に手を滑り込ませた。

風呂上がりだからなのか少し湿っているミクの中心をかき分け、中指で撫でるように触った。最初は意識していないようだったが、段々と吐息混じりになり、エイドリアン・ロペスのパートになりアイアン・メイデンの『Ｐｒｏｗｌｅｒ』

が流れ始めたくらいには、二人ともバスタオルを剥ぎ取るかのようにして求め合っていた。

ＴＶ画面ではノンドライブのキャバレリアルをビシっと決めるエイドリアン・ロペスが映っていたが、その後のラインなんかよりも、ミクの反応と喘ぎ声が聞きたくてＴＶの電源を切った。

激しいロックを聴いた直後だったからか、腰を振る動きにも力が入った。奥へ奥へとミクの中心めがけ深く深く力強く突いた。ミクもそれに答えるように動物的な呻き声をあげ二人ともに果てた。

しばらく抱き合いながら眠りの淵をまどろんでいた。


「トゥルルル、トゥルルル」と枕元の電話が鳴った。

俺が受話器を取ると、フロントから「あと、十五分でご休憩チェックアウトのお時間です」とぶっきらぼうに伝えられた。俺もぶっきらぼうに「延長で」と答え、電話を切ると風呂場にお湯を溜めにいった。

ベッドに戻るとまだ横になっているミクが「ねぇ、一緒に暮らそう」と突然言ってきた。まだ出会ってから二十四時間も経っていないのに、そんな感じを微塵も感じさせず自然と。

「あぁ」とだけ答えてまたミクを抱いた。風呂場からお湯が溢れる音と、二人の濡れた音だけが部屋に響いていた。

チェックアウトギリギリに精算を済ませ、ラブホのガレージから車を出してミクの家へと走らせた。

少し無言が続くなか、カーステレオからMOOMINの『MOONLIGHT DANCEHALL』がまた今朝と同じように、沈黙を破るかのように流れ始めた。

「やっぱりこの曲チョー好き！」とミクは言った。

「あぁ、そうだね」

俺が答えた。

「なんかさっき一緒に暮らそうって言った時も『あぁ』とかな返事だったし、なんかイヤだな。大会優勝するって言って優勝した時みたいに気持ち込めてよ！」

と、ちょっと怒りながら言われた。

ちょうど左側には馬堀海岸の海が見えていた。

「ごめん！　優勝するよ。次も優勝してプロに戻ってミクと暮らす。それで毎晩ＭＯＯＭＩＮを聴くよ！」と少し大げさに言った。

「嘘つき」

ミクに目を真っ直ぐ見られて言われた。

それと同時に、ラブホのビデオデッキから出し忘れたＺＥＲＯ Ｓｋａｔｅｂｏａｒｄｓのビデオの存在を思い出した。

f
e
e
d
b
a
c
k

Transworld
Skateboarding
feedback
VIDEO NUMBER EIGHT
A FILM ABOUT THE STREETS AND THE SKATEBOARDERS WHO RIDE THEM

夏に終わりなど来ないと思っていた時期がある。少なくともその時だけは。そう、その時だけは——。

週末にクラブに行く機会が減った。スケートボードをしに行ってからミクを迎えに行きラブホにお泊まりなコースが増えた。

前にラブホのビデオデッキに入れたままだったZERO Skateboardsの『Misled Youth』は無事にあの週の水曜にミクと休憩で来店した際に〝忘れ物〟で回収できた。だがその後もその続きを観ることはなかった。

同時期にトランスワールドからリリースされた『ｆｅｅｄｂａｃｋ』ばかりを観ていた。

ある日ミクが、「オススメのスケートボードのビデオ観せてよ」と言ってきたので『ｆｅｅｄｂａｃｋ』を持って、酒などを買い込んで金曜の夜にスケートもクラブも行かないでラブホにお泊まりをした。

キックアウトなどのシーンが小刻みに編集されたシリアスなオープニングからそのまま本編に突入するスタイルはこの時代のトレンドでもあった。

オープニングの選曲のまま一発目にカルロス・デ・アンドラーデの特大のキックフリップから始まった。その後すぐにピーター・スモリックのバックサイド・フリップがラブホの大きなＴＶ画面いっぱいに映った。

「そういえばこいつ、この間までミクの家の近所に住んでる俺の友達の家にステイしてたよ」

缶のバドワイザーを飲み干しながら言った。

さほど興味が無さそうなミクの手から飲みかけのバドワイザーを奪い、ひと口飲んでからガラスのローテーブルにそっと置いてキスをした。ちょっと盛り上がってきちゃった俺はミクのブラを外してノーブラ状態にした。

「ちょっ、いきなり恥ずかしいんだけど！」

ミクはTシャツの上からでもわかるようになった乳首を両手で隠した。

ちょうどその時、画面ではアンソニー・バン・エンゲランとジェイソン・ディィルのダブルパートが始まっていた。ディィルがアーミーグリーンのタンクトップでバックサイド・ノーズブラントを決めているシーンになった。

「ごめん、俺このパート好きなんだわ」

と言いながら俺はリモコンを手に取り、巻き戻しボタンを押した。

「はいはい、ノーブラにさせられた私よりもスケートボードね」とミクは呆れながら風呂場へ行った。

俺もアンソニー・バン・エンゲランとジェイソン・ディィルのパートを観終えてからミクを追って風呂場へ行った。

バスタブにお湯を張りながらシャワーを浴びているミクが、曇りガラスの扉越しに見えた。すぐさま俺も服を脱いで風呂場に入り、少しイチャついてから一緒に湯船に入った。

「そういえば明後日、大きな大会があるって言ってたよね？　また優勝するの？」

ミクがいたずらに笑いながら聞いてきた。

「こないだの大会まではショップ主催のローカルな大会だったんだけど、来週のはＡＪＳＡっていう全日本の大会だから流石に難しいでしょ〜。でもあのローカルな大会で優勝してるから、またクラブ明けとかに行って適当に頑張っちゃおうかな〜？」

余裕ぶっこきまくりで自慢も交えて適当に返した。

「そうだね！　また優勝しちゃいなよ！」

一緒に浸かっているバスタブで、ミクが振り返りながら言った。そのまま軽く抱きかかえ、湯船の中でこちらに体ごと向かせた。

「優勝できたらいいね〜」

そう言いながら軽くキスをした。

「ねぇ、その大会で優勝したらどうなるの？　全日本でしょ？」

「ＡＪＳＡって全日本の大会だけど、俺はいまアマチュアだから賞金とかは無いよ。でも優勝したら来年からプロに昇格だね。俺は二年前にプロを辞めてるからどうなるんだろ？」

大きくなった俺の中心がミクの股の間に当たっている感触を確認しながらそう答えた。

「優勝したらプロスケーターだ！　カッコいいね」

ミクが舌を絡めてキスをしてきた。

「俺の場合、プロを辞めてから二年経ってるしノースポンサーだから、ここで一発優勝してプロに戻ったらカッコいいかもね」

クールな素振りで最大限にカッコつけながら言った。

ミクの中心が熱く濡れているのが俺の先端でわかった。そのままゆっくりと湯船の中で対面座位で挿入した。

朝が来て、今回はビデオを忘れないようにと、用心してからチェックアウトをして朝マックを食べに行った。

簡単に食事を済ませ、「俺、この後スケートしに行ってくるよ」とミクを家まで送って行った。

「うん、わかった。明日の大会見に行くね！」

と言いながらミクが車の扉を開けた。

「また後で連絡するね」と、車から降りかけのミクに軽くキスをした。


残暑の厳しい日差しのなか、クーラーをオフにして窓全開で右手に東京湾の海を見ながら俺はスケートをしに向かった。

ちょうどカーステレオからは、昨夜から入れっぱなしだったＤＪ ＭＵＲＯの『Ｄｉｇｇｉｎ Ｈｅａｔ 99』の中から、ナオミ・キャンベルの『ＬＯＶＥ ＆ ＴＥＡＲＳ』のヒップホップミックスが流れていた。


昼過ぎにいつものパークに着いた。

明日ここでＡＪＳＡの大会があるからか普段よりも人が多く、遠方から来ているスケーターも多く見えた。そしてＡＪＳＡらしく大会用に木製のセクションもパーク内に設置されていた。

　一連のウォーミングアップ・トリックをいつものようにこなし、自分の調子を確認する。AJSA用のセクションではないが、うみかぜローカルで溶接の仕事をしている人が自前で常設してくれた、茶色い鉄製の長めのレッジが最近好きでいつものようにそれからトライしてみた。

　やはり大会用のセクションは人気っぽく、明日に向けて練習するスケーターたちで混み合っている。でもこの鉄製のレッジだったら入るラインは直線的で単純なので周りをスネークしても結構余裕でいけそうだ。ちょっと失敬して、ラインが続いている雰囲気を醸し出しながら横入りスネークで軽く短めに50－50グラインドを当て込んでみた。

　鉄製特有のエッジで削れるトラックの感触が足の裏を通して伝わってくる。両足の土踏まずに感じるレッジの感覚が気持ちいい。何回か途中入り途中抜けなフロントサイドとバックサイドの50－50グラインドをやり込み、やはり50－50グラインドはこうでなくっちゃとばかりに、『Ｅａｓｔｅｒｎ Ｅｘｐｏｓｕｒｅ ３』気取りでパークを流した。

体も動いてきたので、最近の得意技スイッチ・スタンスでのバックサイド・ノーズグラインドをトライし始めることにした。この技の利点はレッジに対して正面入りもできることだ。そしてこの鉄製のレッジは長めなので、途中抜けをしても様になるし、万が一、後ろトラックがハングしても向こう側に落ちずにレッジの上で転けるからリスクも少ない。

ちょうどその時にヨーくんがパークに入ってくるのが見えた。パッと見でわかるくらいの二日酔い感から、昨夜もクラブに行っていたのが伺える。俺は二日酔いでもなく体の調子もいいので、ヨーくんのほうに行きがてら、スイッチ・バックサイド・ノーズグラインドを途中抜けでメイクした。

「今日来んの早いじゃん。クラブからの早朝ラブホサービスタイム昼過ぎアウトじゃないんだ？」

ヨーくんは俺にそう言いながら拳で挨拶をし、そのまま続けて言った。

「スイッチのそれ調子いいじゃん。軽く途中抜けとかカッコいいじゃん！」

あまり人の技を褒めないヨーくんが機嫌よく褒めてきた。

「いきなりどうしたの⁉　気持ち悪いんだけど褒めたりしてきて！　昨夜いいことでもあったの？」

ビンゴだった。どうやら昨夜はベイホールのレゲエのイベントに行き、そのままお持ち帰りをしたらしい。まぁ、その話はスケート後に細かく聞くことにしてお互い滑り始めた。

俺はまた鉄製のレッジでスイッチ・バックサイド・ノーズグラインドをやり込み、数回目で全流しをメイクし、更にやり込み、全流しでのショービットアウトもメイクした。

見ていたみんながデッキを地面に叩きつけたりしてそのメイクを讃えてくれた。

きっとスケーターにしか無い感情表現だと思われる、この〝スケートボードのデッキを地面に叩きつけて讃える動作〟が俺はすごく好きだ。

拍手されるよりも、スケーターにスケーターとして認められたということが強く感じられる。それと自分の大事な道具であるスケートボードを地面に叩きつけるという行為は他のスポーツでは見られないし、ましてやスポーツ以外、例えばオーケストラなどで楽器を叩きつけて喜ぶなんてことは皆無だ。そして俺がこの動作が好きな一番の理由は、映画『２００１年宇宙の旅』でモノリスを手にした猿に叡智が備わった時のように感じるからでもあり、自分の中で意味の深いモノと勝手になっている。

そんなことを思いながらメイクの余韻に一瞬浸っていた。そして次に鉄製のレッジに入ってくるヨーくんを見守った。

それは一瞬ではあったが、時間が止まったかの様な感覚でスローモーションに見えた。

他にもスケートボードが地面を叩く音が沢山していたはずなのに、その瞬間は確実にヨーくんがスケートボードのテールを地面にしっかりと叩く音だけが聞こえた。

「パーンッッ」と乾いた音が響いたと思ったら、前足を少しバックサイド方向に抜いてキックフリップを入れながら、鉄製のレッジにバックサイド・テールスライドをかけにいった。そこからはスローモションの様に見え、綺麗に一回転したデッキがレッジと右足の間に吸い込まれるかの様に綺麗にハマり、短いが正確にバックサイド・テールスライドを滑らせ、そのまま回ってフェイキーアウトした。

「ウオオオオオオッーーーーーッッッ」

そのメイクを見ていた全員がデッキを投げ出し叫んだ。

さらにすごいものを見るとスケーターは大事なスケートボードを投げ出しちゃうもんだよな、と思い、俺もデッキを投げ出してヨーくんに駆け寄っていった。

「ヤバ過ぎ!!」

そう言いながら拳を交わした。

「いやー、ユウくんのいいメイクを見て、すぐにそのヴァイブスにあやかったらできちゃったよー。ありがとう」

ヨーくんはそう飄々と答えて次々と駆け寄って来るみんなの拳に応えていた。

相変わらずこの人の天才っぷりには驚かされる。いつ練習したのだろうか？

昔からヨークんはそんな風だ。天性のセンスにプラスしてルックスがこれまたいいのでスケートボードが抜群にカッコいい。

だが天才ゆえなのか、その後は一度も何もメイクしないヨークんを横目に俺はさっきのスイッチ・バックサイド・ノーズグラインドをやり込んだ。

自分でもびっくりするくらいのメイク率で途中抜けは難なくメイクしていた。クォーターからフェイキーバンクにノーリーハーフキャブを少し多めに回ってからなラインや、フェイキーバンクからクォーターに50－50グラインドなラインを難なくこなし、ちょっとビーストモードに入っていた。

そんな中、また背後で「ウオオオオオオッーーーーーーッッッ」という歓声が聞こえた。

振り返ると小さな男の子が長い髪の毛をかき上げながら明日の大会用のメインセクションのRtoバンクを下りていた。小学生くらいのその子は、そんな周りの歓声をかき分けるかの様にそのままラインを続け、フェイキーからターンしてメインスタンスに戻し、クォーターでアクセルストールをして、元々このパークにある急角度のコンクリートのバンクtoバンクでキックフリップ・バックサイド・

グラブをメイクしてそのままラインを続けていった。

「マジだ。あれで回し技か」

小さく口に出してそのセクションを見た。俺はどう頑張ってもあのセクションで回し技は無理だなと思いながらさっきの子を目で追った。ひと回りは歳下であろう彼は、先ほどのトリックをみんなに讃えられていた。

スケートを終え、ヨーくんから昨夜のベイホールの話を聞きながら駐車場で身支度をしてダベっていた。

「ユウくんさ、今日ロゴス行こうよ。昨日の夜の娘たちも来るって言ってるからさ」

「あー、ごめん明日大会出るしなー」

「そっかー、なんかその娘の友達がユウくんのこと知ってて会いたいって言ってたんだよなー」

「誰だろ？　じゃあロゴス行っちゃおうかな！」

「行こ行こ！　したらどうする？　まだ時間早いし」

もう完璧にロゴスに行く流れになった。

今夜、夜遊びをしに行くという言い訳を作りながら、明日の大会はきっとさっきの彼が優勝だろうな、と心のどこかで思っている自分がいた――。

Higher Level

HIGHER LEVEL VOL.2
DJ CELORY (Soul SCREAM)
A

夏に終わりなど来ないと思っていた時期がある。少なくともその時だけは。そう、その時だけは――。


枕元で聞き慣れたアラームが鳴った。見ると二十二時ジャスト。

そうだ、スケートしたあとヨーくんと軽く飯を済ませてから帰宅してちょっと寝たんだ。二十三時くらいにヨーくんの家に迎えに行ってロゴスに行くから支度しなきゃな、と思い携帯を開いた。

ミクからのメールだった。

「明日大会頑張ってね！　今夜はクラブとか行っちゃダメだぞ！」とカッコと

スラッシュなどで作られた顔文字で締めくくられていた。

「ありがとう。頑張る！」

俺も顔文字でメールを締めてからシャワーを浴びて身支度を急いだ。

ミクに嘘をついている後ろめたさもなく、車のカーステレオにＤＪ Ｃｅｌｏｒｙの『Ｈｉｇｈｅｒ Ｌｅｖｅｌ Ｖｏｌ．２』を入れた。

冒頭のシャカゾンビのＨｉｄｅ‐Ｂｏｗｉｅのラガラップなフリースタイルから、ソウル・スクリームのＥ．Ｇ．Ｇ．ＭＡＮの巧みなフロウのフリースタイルの箇所を巻き戻しては聴き直してを繰り返していたらすぐにヨーくんの家に着いた。

ヨーくんが助手席に乗り込むや、すぐさまジョイントに火を点けて回してきた。

肺いっぱいに吸い込み息を止める。吐き出すと同時に少しむせ、すぐに車内はチーチ＆チョンの映画並みに煙たくなった。少し窓を開けながら車を走らせた。

「もっとアガる曲聴こうよ」とヨーくんが言ってきた。

ちょうどソウル・スクリームの『黒い月の夜』のサビのフレーズが流れていた。

確かに男二人でこれからクラブに行く曲ではなかったので、ＤＪ ＷＡＴＡＲＡＩ

の『BlendSource』をカーステレオに入れた。

石川町には二十四時前に着いた。例によりBボーイ居酒屋に行き、生ビールから始まり、レモンサワーを胃袋に流し込みながらヨーくんとZOO YORKの『MIXTAPE』の時のロビー・ガンジェミがPUMAのライダーなのは意外だけど超カッコいいって話から、AWSの『TIMECODE』でトリだったレニー・カークはサンフランシスコでホームレスをしていて車中泊生活らしいとかな話で盛り上がった。

Bボーイ居酒屋を出てから川沿いに出てジョイントを無言で回し、二十六時前にはロゴスに入った。

フロアからソウルズ・オブ・ミスチーフの『93 Til Infinity』が聴こえるなか、右前のスピーカーのほうへと向かった。

いつものメンツと拳で挨拶を交わし、耳元で聞き取れないような短い会話を二つ三つして、音に合わせて頭を振っていた。そうするとヨーくんが女の子を二人連れてバーカウンターに行く後ろ姿が見えた。俺も人をかき分けるようにしてバーカウンターに向かった。

ヨーくんから二人を紹介されてテキーラで乾杯をした。

鎖骨に水着の日焼け跡がついたギャルが耳元で「久しぶりだね！」と言ってきた。よく見たら前にアルバローザの水着を下着代わりに着ていたGカップの娘で、ビル・ダンフォースのモンゴプッシュばりに正常位で俺が腰を振った記憶がすぐに蘇ってきた。

「ああ！　久しぶり！　最近どうしてたよー！」と適当に返して会話を始めた。

チャイナブルー片手にもう一人の娘の肩に手を回しながらヨーくんが言った。

「ユウくん、アミちゃんが会いたがってたよー。今日もユウくん誘ったんだけど最初、明日大会あるから来ないとか言ってたんだよー」

そうか、このギャルはアミって名前だ、こないだ聞いたけど忘れてたな、連絡先も交換してなかったから気まずいな、そう思っているとアミが返した。

「ユウくんこないだスケートボードの大会優勝したんでしょ！　すごいね！　昨日ヨーくんから聞いたよ」

ヨーくんを見るとグラスを傾け軽くウィンクをしてきた。何なんだこの映画のワンシーンのような人は、と思ったがすぐさまアミに返事をした。

「そうなんだよねー。でもまぁ小さな大会だし、明日あるのが大きな大会なんだよね」と答えた。

「明日のも優勝しちゃうの？」とアミが聞きながらバーカウンターの椅子に半分腰掛けていた俺の腿に手を置いた。

「いやー、流石に大きな大会だし優勝は無理でしょ」と返したらヨーくんが横から、「今日、チョー練習してたくせに！」と突っ込んできた。

「で、明日も優勝するの？」

またアミが聞いてきた。

「流石に優勝は無理でしょー、今日もかなり歳下な子が超上手かったし！　今夜はアミちゃんに会いにロゴス来ちゃったし」とふざけた感じで答えて腿に置かれたアミの手を握った。

「ユウくん、そういうことだから今日は帰りは別々で♪」

そう言いながらヨーくんは昨夜も一緒にいたという娘とフロアに消えていった。

テキーラを何杯飲んだかわからないが、気付いたら朝四時近くになっていて、フロアにはア・トライブ・コールド・クエストの『Award Tour』が流れていた。

近くでアミが音に合わせて揺れていた。アミのつけている香水の香りが俺の鼻をくすぐった。一瞬ミクのことが頭によぎった。でもまだ付き合っているワケでも無いしと、マリファナと酒で酔った脳ミソが瞬時に答えを出してきた。

そして明日の大会で優勝できなかった時の言い訳として、いまこうやってクラブに来て酒に酔っているのだと今更ながらに気付いてハッとした。

そんな意識を振り払うように、踊るアミを見た。

俺が見ていることに気付いたアミは、俺に近付いてきて俺の左腕にそのGカップの胸を当てながら「逢いたかったんだから」と耳元で言ってイタズラに顔をしかめた。

俺は考えるより先に「ホテル行かない?」とアミの耳元で答えた。

「うん」と小さくアミが返事をするかしないかのうちにロゴスを後にした。

外に出るともう空は少し明るくなっていた。とりあえずロゴスから一番近いラブホに入った。

ああ、この部屋か……。

俺は鍵を開けて酷く後悔をした。ミクと初めて来た時と同じ部屋だった。

蛍光色の安っぽいビニール製のサンダルを脱ぐアミの屈んだ胸元の、日焼けで水着の跡がくっきりとついたGカップを見ながら申し訳ない気持ちもよぎったが、ミクのことは一旦忘れることにした。

部屋に入りアミの服を脱がし、蛍光灯のあかりで明るい室内で、胸から首回りにくっきりと白く残った日焼け跡を眺めた。

「やだ、恥ずかしい」

小さな声でアミが言い終わる前に、その日焼け跡に沿って首から胸へと舌を這わせた。

「ん…」と漏れた声にならない声が喘ぎにすぐに変わっていった。

下も脱がし、蛍光灯の下でアミの熱くなった中心にも舌を這わせた。少し海辺の香りがした。

足先に引っかかったパンツを振り払うかのように脱いで、ソファの背もたれに手をつかせ、ソファについた膝を広げ後ろから挿れた。雑にGカップの胸を鷲掴みにすると、アミに「もっと優しくして」と言われ我に返った。優しくキスをして舌を絡ませながら、アミをソファに座らせて脚を思いっきり開いて正常位でゆっくりと腰を動かした。

部屋にはねっとりと肌に絡みつくような湿気と濡れた音が充満していた。

俺の汗が顎先からアミの日焼け跡がついた真っ白な胸に垂れている。アミの汗と混ざり蛍光灯のあかりの下で揺れる胸元でその汗はキラキラとしていた。

そんな胸元を見ながら必死に腰を振っている俺にアミは、「好き、好きなの、逢いたかったの」と言いながら激しくキスをしてきた。俺はそれには答えず、更に早く腰を振ってキラキラと汗で光る胸元に射精をした。

少し顔にかかってしまったソレを手で拭いながら、アミがまた激しくキスをしてきた。唇を離さずキスをしたまま、果てたばかりの俺のモノを握り、自分のクリトリスにその先端を擦り付けた。「ねぇ、すごい好きなの」と言いながら、俺の射精したモノとアミのでグチュグチュになり、二人の境目がわからなくなりました挿れた。


蛍光灯のあかりが眩しくて目が覚めた。

あれから二回は射精をしたのかもしれない。俺の腕の中で寝るアミを起こさないように、腕枕をしていた腕を抜き風呂場に向かおうとした。途中テーブルの上に置いた携帯を開き時間を見た。もう朝の八時を過ぎていた。

ラブホ特有の部屋代に課金されるシステムの冷蔵庫から水を取り出して飲んだ。

「ちょうだい」と後ろから声がしてベッドに横になったままのアミにペットボトルを手渡しながら言った。

「もう八時だし、俺大会に出るからもう横須賀に行かなきゃ」

「えー、大会なんて出なくてもいいじゃん。今日一緒にいようよ」

俺は返事もせずに風呂場にシャワーを浴びにいった。追いかけるようにアミも風呂場に来て一緒にシャワーを浴びた。

「ねぇ、怒った？　ごめん……。だったら私もこのまま一緒に行って大会見ていい？」

午後の決勝くらいの時間からミクが来ることになっているからそれはまずい。

「このまま行っても、俺は大会だからアミを独りにさせちゃうしツマらないと思うよ」

「そうかぁ」

アミはすごく寂しそうにそう言って、とりあえずは納得してくれたみたいだ。

身支度をしてすぐにラブホを出て、横浜駅東口へアミを送った。車から降りるアミと軽くキスをしてまた近々会おうねと約束をした。

「またっていつ？　すぐ逢いたいな」と言いながら車の扉を閉めて、こちらを振り向かずに駅のほうへと消えて行った。

携帯を開き時計に目をやると九時を過ぎていた。

ミクからメールが届いていた。

「大会頑張って！　お昼くらいに行くね！」と書かれていてものすごい罪悪感に駆られた。

十時から予選が始まるので俺は急いで桜木町から首都高に乗り、ＡＪＳＡの大会があるうみかぜ公園に十時ギリギリに着きエントリーを済ませた。

全然練習の時間もなく、トイレで昨夜のテキーラを吐いた。高速を降りてから買ったバナナとリポビタンＤとポカリスエットですぐに空腹の胃袋を埋めた。

全然練習ができないまま予選の順番が来た。とりあえずいつもの無難な技でミスをしないようにして回った。ギリ決勝に上がれるかな？　という位な滑りはできた。

予選が終わってもまたトイレで吐いていた。二日酔いがひどい。会場に戻ると昨日ギャラリーを沸かしていた少年が大会のメインセクションのＲ to バンクでバックサイド・キックフリップのメロングラブをメイクして大歓声が上がっていた。

「あ、やっぱ俺はどうあがいても今日優勝は無いわ」と素直に感じた。

昼近くになり会場にヨーくんやいつものメンツもちらほらと冷やかし半分で現れ始めた。

「ユウくん、予選どうだった？」

ヨーくんが聞いてきた。

俺はなんとか九位で決勝には上がったと伝えると「酒臭ッ！　そんで昨日と同じ服！　また帰ってないでしょ！」と爆笑された。

「あ、あとでミクが来るから、ヨーくんも朝まで一緒でそのまま大会に来たってことにして！」と無理なお願いをした。

「まぁ、いいけど。すぐバレそうじゃないかな？　ユウくんの二日酔いっぷり見たら」と確かにヨレている俺の姿をくまなく見ながらヨーくんは言った。

決勝前の練習は思いのほか動けるようになっていた。水をたくさん飲んで残っていたテキーラもしっかりと吐いて、フードカーが来ていたのでしっかりと食べて、予選よりも動ける感じがしていた。

あと二人で決勝の自分の番という時にミクが着いたのが見えた。俺は海側のクォーターパイプの上からミクに手を振ったが気付いてもらえてないようだった。こないだの大会と違い、ギャラリーも多いしヘルメット着用だから気付きにくいのも確かだ。

寂しげに俺を探している感じが伺えたが、次は俺の番だからそちらには行けない。ウロチョロするミクを遠目に見ていたら、大会MCが俺の名を呼ぶ声が聞こえた。

大会本部のジャッジ席にわかるように手を上げてから海側のクォーターからドロップインをして中央のR to バンクに向かいながらミクが俺の順番が始まったことに気付いたのを確認した。

そこからは前に優勝した時のルーティンとあまり変わらずな滑りでなんとかノーミスで滑り終えた。

歓声もそこそこでヘルメットを取りながらミクの元へと向かった。

「決勝間に合ってよかった。ってか、ユウくんお酒臭い！」

息を切らせた俺にミクは嫌そうな顔をした。ヤバっと思った俺に、ヨーくんが近づいてきて缶ビールを渡してきた。

「ユウくん、決勝もよかったよ！　やっぱり飲んでなきゃだよね！　ユウくんの滑りは！　ってか、今日も朝からペース早過ぎでしょ！　大会なのに！」

とさっきまで自分が空けていたビールの空き缶を指差した。喉が渇いていた俺はその日一本目のビールを勢いよく飲んだ。二日酔いで飲みたくないのにヨーくんがついてくれた嘘に合わせて飲んだ。半分くらい飲み終えてミクの顔に目をやると信じてくれている笑顔がそこにはあった。ヨーくんマジでありがとう。助かった！　と思うのも束の間、背後からものすごい歓声が上がった。

デッキを地面に叩きつけ歓声を上げているヨーくんに、あの少年が何をメイクしたのかと聞いた。中央のR to バンクでフロントサイド・キックフリップのメロングラブだと興奮気味に答えた。

俺はそこでオーリーからのジャパンエアーくらいしかできなかったのに、ひと回りも下の少年が海外のビデオでしか観ないようなトリックを大会の一発目のトリックとしてブッかましていた。

予選の時にもう優勝は彼のものだなと思ってはいたが、もう悔しい気持ちにはならなかった。なんだか清々しい気持ちで彼の滑りを見ながら残りのビールを飲み干した。

そのままボウル斜面の芝生に座って、ヨーくんが持ってきてくれたビールをミクも一緒に飲みながら、話題はさっきの少年の話で持ちきりだった。

彼の地元は静岡で、歳はいくつで、スポンサーは何が付いているのかなど、大会中のＭＣの情報を元に、俺とヨーくんがああでも無いこうでも無いと話しているのをミクはニコニコしながら聞いていた。

うみかぜ公園の並びのスーパーにミクと酒を買い足しに行って、戻ってきたらもう表彰が始まっていた。嬉しいことに俺は二位だった。そして優勝は当然ひと回りも下の彼だった。彼の優勝を讃え握手を交わし、ボウル横の芝生にいるミクのほうを見た。

そこには一緒に話している女の子の姿があった。ミクの横にいるヨーくんと目が合ったがビックリしているようだった。そしてミクと談笑している女の子がミクと一緒にこちらを向いた。そこにいたのは今朝まで一緒にいたアミだった。

夏の終わりは突然来る。

夕暮れの湿気で、少し重く生ぬるい風を肌に纏わりつくように感じながら、もう吐き終えたはずの昨夜のテキーラの香りと一緒に。

PUBLIC DOMAIN

BAN THIS
(BONES BRIGADE VIDEO SIX)
POWELL PERALTA®
© POWELL CORP MCMIXXXIX

ＤＩＹらしい作りかけの棚や、スケートボードなどの商品が、乱雑に所かしこと床に置かれている。その端に置かれた小さなソファにとりあえず座っていた。

壁に取り付けられたばかりのＴＶからはＭｃＲａｄの『ｗｅａｋｎｅｓｓ』が聴こえてきた。わかりきったことだが、画面にはモノクロの映像でストリートを流す若き日のスティーブ・サイズ、チェット・トーマス、エリック・サンダーソン、レイ・バービーらが目に入ってきた。

小島くんが相変わらずキラキラと目を輝かせて「もう十年以上も前のビデオだけど色あせないよねー。『ＰＵＢＬＩＣ　ＤＯＭＡＩＮ』って傑作中の傑作だよね

〜！」とTV下のラックにデッキを陳列する作業の手を止めまくりで画面に観入っていた。

俺はというと、小島くんが今度横浜にオープンするというスケートショップのお手伝いという名目で、最近クラブで知り合って仲良くなったマオちゃんとスケート後に横浜駅で待ち合わせをし、晩飯前に思いっきりお邪魔をしていた。

俺が「このパートのレイ・バービーもヤバいけどさ、この次の『BAN THIS』でのパートも完成され過ぎててヤバいよね！ ノーコンもスタイルも！ あと被ってる黄色いキャップがカッコよすぎるんだよね！」と言ったら、小島くんは手を叩いてソファの横に置いてあった段ボールの箱から『BAN THIS』のVHSテープをすぐに取り出してきた。

流石は小島くんだ。早速『BAN THIS』をプレイヤーに入れてレイ・バービーのパートまで早送りをした。

歩道のちょっとした段差でチャイナ・オーリーから登場し、コーンプライのテールスキッドをクレールグラグからノーズグラブと左右交互でやって登場してくる姿は、いつ観てもカッコよくて鳥肌が立つ。

ちょうどそのトリックが終わった頃に全身が見えてきて、さっき俺が言っていた黄色いキャップが見えてきた。

「なるほどね〜。確かに黄色いね〜。でも俺らが被ったら交通安全系だね〜。」と小島くんが言い二人で爆笑していた。

そんな中マオは、一人つまらなそうに携帯をいじっていた。

すぐさまその様子を察知した俺は「あー、腹空き過ぎた！　マオちゃん何食べたい？　もしアレだったら小島くんも一緒に飯行こうよ」と誘った。

「あー、ユウくんゴメン。一時間くらい前に適当に食べちゃったんだよね」

スケートショップのオープンに向けて忙しい小島くんは完璧に夜型ではなくなっていたようだ。結局俺はマオと二人で近所のファミレスに向かった。

マオと知り合ったのは一週間くらい前、どちらかというとブラザーが集まるような元町のクラブだった。黒人好きな派手な身なりのシスター系のイケてるお姉さんがバーテンダーをしていて、テキーラを大量にオーダーすると一緒に乾杯をしてくれて、飲む瞬間にチューブトップをめくっておっぱいをいきなり丸出しで見せてくるという謎なサービス（？）が一瞬だけあった店だ。

そんなブラザーばかりなクラブだったので、俺らはその店にいる常連風の女の子たちには全く相手にされるワケもなく、ほぼそのシスターなバーテンと乾杯ばかりしていた。

そんな中、このクラブには似合わない、清楚過ぎる格好の3人組がテーブルカウンターに座って大人しく話していた。

ひと席空いている椅子にちょっと腰掛けるように、その3人組を背にする形で俺は座った。そしてちょっと会話に聞き耳を立てた。

どうやらその中でも一番大人しそうな娘が最近退院したとかで、久しぶりの夜遊びなようだ。さらに観察していると、その退院したばかりという娘はすごく美形で、ミネラルウォーターのペットボトルを飲んでいた。

白いワンピースを着てクラブで座って大人しくミネラルウォーターを飲むその娘が気になりだしてしまった俺は、どうやって声をかけようかと悩んでいた。その時だった。

「ねぇ、お兄さん。声かけてこないの？」

俺が近くに座ってから何分経ったのだろう？　さほど時間は経ってはいなかったが、その一言がすごく前にかけられたような感じで俺の中に入ってきた。俺は慌てて返事をした。

「いや、別に声をかけるとか……」

「なんで？　私のことチラチラ見てたじゃん」

その娘は無垢な少女のような笑顔を向けた。

「なんかさ、このクラブに似合わないなっていうか、雰囲気全然違うなーと思って見てはいたよ」と半分正直に答えた。

「空間に似合うとか似合わないって大事？　とにかく私は私でここで生きてるし普通じゃない？」と突拍子もないというか、哲学的な不思議ちゃん発言をしてきた。

俺はこのタイミングだと思い、彼女のほうに体を向けて話し始める意思を示した。

「それってさ、すごくロマンチックじゃない？　ここに存在しているっていう意味とかでしょ？」と少しキザに、そして冗談っぽく答えてみせた。

「そういうことではないわ。物事の本質というか個としての理由よ」

そう言ってまた微笑んだが、それは先ほどの無垢な少女のような笑顔とは全く違う、妖艶でいて下品な笑みだった。

ハッとして何も答えられないでいると彼女は自己紹介を始めた。

「私はマオ。最近まで入院していて、退院して落ち着いたから一人暮らしを始めたんだけど、まだ部屋にはカーテンは無いの。カーテンの無い部屋で寝て、目が覚めるってわかる？」とまた哲学的で本質を突いているかのような不思議な質問をしてきた。

「いや、カーテンが無い部屋に住んだことが無いし想像もしたことが無いよ」

と普通な返事をすると、マオはまた妖艶な笑みを浮かべながら話を続けた。

「カーテンっていうのは壁なの。自分という個と、自分だけの空間という場所とその外との。それが無いってことは心がすごく軽く、そして繋がれるの」

もはや理解不能な領域の会話にただ頷いてだけいると、不意にマオが言った。

「名前なんていうの？　今度うちに泊まりに来れば？」

いきなり過ぎる問いかけに戸惑いながら、俺は名前を告げ電話番号を交換した。

次の週末にはマオと連絡を取った。送られて来た住所付近の一〇〇円パーキングに車を駐め、コンビニでミネラルウォーターと酒を少しと、お菓子を買って家に上がった。

その部屋は一階で本当にカーテンが無かった。

ワンルームのその部屋には、カーテンどころかマットレスとシーツ、そして薄い毛布くらいしか見当たらず、申し訳程度の小さなテレビデオが床に置いてあり、画面の右下に緑の文字で「消音」と表示されていて音楽番組が流れていた。

部屋の電気も消えていたが、月の明かりが入り込んでいてうっすらと部屋の中は白く明るく感じた。

とりあえず床に座って買ってきた缶ビールを開けた。

「男の人ってすぐ緊張をお酒で誤魔化すよね」

とマオが微笑みながら、胡座をかいて座っている俺の背中に抱きついて首の匂いを嗅いできた。

「スー…、この匂い好き。初めて会った時から首の匂いを嗅ぎたいって思ってたの。今日来てくれてありがとう」

そう言いながら俺の首を舐めまわし始めた。

恐怖とエロスで動けなくなっていた俺は、気付いたらデニムのジッパーを開けられ、大きくなったモノを手で軽くしごかれていた。その間もずっとマオは後ろから俺の首の匂いを嗅ぎ、舐めまわしていた。

俺は振り返りマオとキスをしようとしたが避けられた。

「そういうんじゃないから、ジッとしてて」

そう言われた俺はとりあえず前を向いてジッとした。

マオが俺の前に回り込んできて俺のズボンとパンツを脱がした。そして白いワンピースの裾をたくし上げ俺の上に跨ってきた。マオの顔が俺の前にあるのだが一切視線が合わない。俺のことなんか見てないような感じで、そのまま挿入してきた。

カーテンの無い部屋で俺の上で腰を振るマオのたくし上げたワンピースの裾が、

部屋に入る月明かりに照らされ、まるでカーテンのようだと思った。その時、初めて会った時にマオが言っていたカーテンの話が頭によぎった。

「カーテンっていうのは壁なの」

そうか、こうやってセックスをいきなりするのも壁があるからなのか、もしくは……。俺は思い切ってマオのワンピースを脱がそうとした。

「イヤ！　やめて！」

マオはその姿からは想像もできないくらいな大きな声で嫌がった。手を止めて謝る俺に顔を近づけてキスをしてきた。

「痛っ」

俺は小さな声を出してキスをするマオから顔を離した。

俺の下唇を結構な勢いで噛んだマオは笑っていた。すごい恐怖を覚えたが、同時にそんなマオがすごく綺麗で可愛くも見えた。

「ねぇ、すごく硬くなってるよ。こういうのが好きなの？」

マオがそう言いながら腰をゆっくりと動かし始め、俺のTシャツを脱がして乳首をつねってきた。

靴下だけを履いて対面騎乗位な体勢の俺は、血の味がする自分の下唇を軽く噛んで「ウッ」と小さな声を出した。その声を聞いてマオは腰を激しく振り、両手で俺の乳首をつねりながら激しく喘ぎ出した。

カーテンの無い部屋にマオの喘ぎ声が充満し、外に漏れて部屋を覗き込まれたりするのではないかと心配にもなったが、そんなことよりもマオの中が気持ちよすぎた。

マオの体を支えるために両手で持ち上げているお尻を鷲掴みにして、「なんて柔らかいお尻なんだろう。この娘はこのお尻でいままで地面に座ったことなんてなく育ってきたのではないだろうか？」と思いながらそのお尻を揉みしだき、リズムよく上下する動きに身も心も合わせていた。

「ねえ、イキそうになったら何も言わずにこのまま中に出して」とマオが首にしがみついて耳元で喘ぎながら言った。

その言葉を聞き終わるか終わらないかのうちに、俺は両手でマオのお尻を鷲掴みにしたまま中に射精した。

そのまま何分が過ぎただろうか？　俺はまだお尻をつかんで挿入したままだった。

マオがワンピースを脱ぎ、目の前に見える乳首を俺の顔の前に突きつけ、「つねって」と言ってきた。

そう言った瞬間、挿入しっぱなしだったマオの中が熱くなったのがわかった。俺はゆっくりとお尻を揉んでいた両腕を前に持ってきてマオの乳首を優しくつねった。

「んッ」

声を漏らし仰け反るマオの体は、月明かりに照らされてすごく綺麗だった。そして同時に消えてしまうくらい白く見えた。

そのまま何回セックスをしたのだろうか。

そして部屋が静かになると、マオは色々なことを話し始めた。

マオは三ヶ月前まで精神病院に入院していたということ。その精神病院の先生に惚れられて毎晩のようにレイプされていたということ。でもそれが薬の副作用で幻覚だったのかもしれないということ。それをセックスをして確認したくてクラブに行っていたということ。この一週間で三人とやって、俺が一番よかったからこれからも会って欲しいということ。それらのことを泣きながら話された。気づくと外は明るくなり始めていた。一緒にシャワーを浴びる時には泣き止んでいて、ケタケタと笑いながら「好き、好き」と言って俺に絡みついていた。体を拭くときに「危ないよ」と手首を掴んだらリストカットの跡が沢山あった。でも俺は気付かないふりをしてワンピースを着させた。

すっかり明るくなったカーテンの無い部屋で帰ろうとする俺にしがみついて「明日も会える?」とマオは言ってきた。ものすごく可愛い顔で甘え上手な口調で、すっかりマオのセックスにハマっていた俺は、「ああ、十八時くらいにはスケートボードを終えるから平気だよ」と答えていた。

それが昨夜のことだ、一旦帰って寝て、昼過ぎからいつものメンツでスケートボードをして汗をかいたら少し冷静になったのか、またすぐに二人きりになるのが怖くて、小島くんの近々オープンするというスケートショップにお邪魔したのだ。

そしていま、目の前でマオが美味しそうに食後のデザートにチョコレートブラウニーを頬張っている。

俺は今夜もあのカーテンの無い部屋でセックスをするのだろう。

CHOMP ON THIS

HOMP ON THIS
HOMP-ON-THIS
CHOMP
C HomP ON This
HOMP!
chomp·on·this

マオと逢うようになって数ヶ月が過ぎた。

週末の夜はマオの家で過ごし、火曜か水曜にも仕事帰りに終電までマオの家で過ごすような生活になっていた。


単純にマオとのセックスにはまっていた。

ものすごく刹那的で破滅に向かっているような、この世の終わりに二人しかいないようなセックスを、あのカーテンの無い部屋でしていた。

俺はマオの、一度も地面に直接座ったことがないのではないかってくらいに柔らかく形のよいお尻が好きで、ずっと触っていた。

ある水曜の夜、マオがパスタを作ってくれた。

レトルトのミートソースをかけただけのものだが、それを床に座って食べていると、マオは唐突にリストカットの傷を見せてきた。そしてこう言った。

「会えない日が続くと増えるの。いまもこの後帰ってしまったことを考えると」と片手でカッターを取り出し、カチカチカチと静かな音を立ててカッターの刃を出していた。

俺がパスタの皿を置いて立ち上がろうとすると、自分の左手首を、スッとそのカッターで手慣れた手つきで簡単に切った。切り口は深くはないが、何も無い床に数滴真っ赤な血が垂れた。

月明かりに照らされたそれは一瞬ものすごく綺麗に見えたが、腕から血を流し、俺を見つめて立ち尽くしている白いワンピースを着たマオに、恐怖を覚えた。

ワンピースの裾を、血がついていないほうの手でたくし上げながら、「見てこの膝小僧の傷。これね、お風呂場で体育座りしてリストカットしてると、その勢いで膝まで切っちゃうの。面白くない?・」とケタケタと笑いながら近付いてきた。

その笑顔を見ながら固まっている俺にマオが迫ってきた。

「ねえ、キスして？」

「とりあえず傷、止血しようよ」

とてもそんな気分ではない俺はなだめるように言った。

「血は流れるものなの！　いいからキスして！」

マオはいままで聞いたこともないような高い声で叫び、そしてキスを求めてきた。

俺の服と、自分が着ているワンピスースに血がつかないように、器用にキスをしてきた。全く無反応な俺の唇をマオは舌先でこじ開けようとしてきた。

「とにかく血をどうにかしよう」

唇を離して言った。

「これが私なの！　ちゃんと見て！」

そう叫びながら左腕のリストカットを見せてきた。

その腕には、古い傷跡もあればかさぶたになりかけのものもあり、いまさっき切ったばかりの傷からは血も滴っていて、まるで地層のようにも見え、重ねてきた年月の上に、火山が噴火し溶岩が流れているようにも見えた。マオの感情を垣間見ているような気もしてきた。

なぜか冷静な俺は、床に直においてあるテレビデオに目を向けた。

今日ここに来る前にスケートショップに寄って買ってきたビデオ『ＣＨＯＭＰ　ＯＮ　ＴＨＩＳ』が画面の下にグリーンの文字で「消音」と表示された状態で流れていた。

その画面では、袖をカットオフした白い無地Ｔを着たブランドン・ビーブルがバスケットボールで遊んでいた。

マオがテレビデオのほうに歩いていき、血が流れているほうの手でコンセントを勢いよく抜いた。

ブツッ

消音なのに音が出るんだな。と思って少し笑えた。

「何笑ってるの⁉　気でも狂った⁉」

マオは引き抜いたコンセントで俺を叩いてきた。マオの血が服に付くのが嫌で俺は服を脱ぎ、そしてゆっくりとマオの手を抑えてキスをした。

きっと俺はもう気が狂っていたのだろう。手首から血を流しているマオを正常位で抱いた。

フローリングの床にはマオの血と俺の性液がこびりついていた。混ざってピンクにでもなるかと思ったが、それは交わることもなく床にこびりついていた。

シャワーから上がってマオの傷を治療し、腕に真っ白な包帯を巻いた。

不覚にも裸で左腕に包帯を巻いただけのマオが美しく見え、もう一度、床に直に置かれたマットレスの上で抱いた。言葉なんかなく、お互いの熱くなる部分を感じ合いながら、この世の終わりのようなセックスをした。

明け方、床にこびりついた血と性液を、湿らせたキッチンペーパーで拭き取り、寝ているマオの横顔を見てから帰った。

そんなことが二週に一度くらいの頻度であった。

その日も昼間は「センター南」の駅周辺に出来たばかりの縁石を、世田谷、港北、横浜の気の知れたスケーターと攻め立て、フロントサイド・K・グラインドのストレートアウトを誰がクリーンにメイクするかなどを競ってみたりして、俺は何回トライしても踏み込みすぎて180アウトになってしまい、クリーンなストレートアウトには程遠く、悔しいまま夜がふけた。

二十四時前にはマオの家に着いた。近所のファミレスか居酒屋に飯を食べに行こうと約束をしていたので、家から二人で手を繋いで駅のほうに歩いていった。まだ長袖には少し早い季節だったが、マオはカーディガンを羽織っていた。外出する時は他人にリストカットの痕を見られたくないのだろう。

「乾杯」

何に乾杯かはわからないがジョッキを合わせ、俺は生ビールを、マオは甘そうなサワーを飲んだ。

今日のスケートのこと、この二、三日の間にあったことなどを俺は話し、マオはそれをニコニコと聞いていた。マオは家にいる時とは打って変わって、出先ではすごく可愛く物分かりのいい娘としてふるまってくれていた。

マオはまだ仕事も何もしていなく、新しい病院に通院をしていて、薬が合っているとか最近読んだという飯島愛の『プラトニックセックス』という本の話をしていた。メニューでイチオシされていた博多鉄鍋餃子を食べながら俺は相槌を打っていた。

ほぼ聞き流しているような会話の中で、信じられないことをマオが言い始めた。

「そういえば赤ちゃんができたの。もう三ヶ月。楽しみだね」

俺は何も返事できずに相槌を打った。

口の中で噛んでいるオムそばの味がしなくなってハイボールで流し込んだ。いまここでマオに問い正しても危ないだけだ。そして何より、俺たちは出会ってからまだ三ヶ月も経ってはいない。とりあえずその場をやり過ごして家に帰ってきた。

あの後どんな会話をして、どうやって家に帰ってきたかはほとんど記憶になく、部屋に入るなりマオに妊娠したことについて聞いた。

俺らが出会ってまだ二ヶ月ちょっとなのに妊娠三ヶ月はおかしいと言っても、

普通に「二人で育てようね」と笑顔で言ってくる。

俺はなんだかヌルくなったホットミルクの表面にできる膜に包まれているような感覚で、どこか他人事のようにそれらの話をしていた。

マオの話はさらに進み、男の子かな？　女の子かな？　名前はどうしようか？　その前に結婚式だね。と嬉しそうに話している。

「うるさい。ちょっと黙って」

俺は静かにそう言ってマオの話を遮った。そしてもう一度、そもそも俺らが出会って二ヶ月なのに妊娠三ヶ月はおかしいという点を問い正した。

しかしマオはニコニコしながら、何度も「ユウくんの子だよ」と言ってきた。

ふと、出会った夜にマオが精神病院に入院している時に先生にレイプされたと言っていた話が頭に蘇り、その話をした。

するとマオは豹変し声を荒げた。

「しょうがないじゃんさ！　デキちゃったんだから！　私のことが好きだったら黙って産ませてよ！」

そう叫びながら泣き始めた。

俺は泣き叫んでいるマオを抱きしめながら、この女のことが好きなのかを自問した。

そんな考えとは関係なしに、マオは俺の胸の中で罵声をあげながら俺と出会う前の話、最近の新しい病院の女医の話などをし始め、いまどうしても子供を産みたいと俺にお願いをするように言った。

どれくらいの時間が経ったのかわからないが、まだ窓の外は暗かった。とにかく同じ話を何度も何度も聞いた。床にそのまま座っている俺の尻が痺れるくらいの時間はすでに経っていた。

お風呂に入ってくる。そう言ってマオは俺から離れた。

落ち着きを取り戻したようだったので、俺はリビングに転がる様に置かれているテレビデオの電源を入れ、ボリュームを少しだけ出してボーッと見ていた。

そうだ、マオが好きなクリームブリュレのスイーツをコンビニに買いに行こう。

そう思い、風呂に入っているマオにコンビニに行ってくると伝えて家の外に出た。

秋めいてきた風のなかTシャツ一枚ではちょっと肌寒いな、と思いながらコンビニへの道のりをプッシュし、横断歩道の白線をなんとなくマニュアルをして通過し、マンホールを軽くオーリーしたりして、すぐにコンビニで買い物をして部屋に戻った。

ドアを開けて部屋に入ると、キッチンの床に錠剤をたくさん飲んだ形跡と、小さなカバンから財布が転がり出ていた。

いつも飲んでいる薬の量にしては多すぎだ、とすぐに気付いた俺は、急いで風呂場の扉を開けた。

そこにはカミソリで手首を切りまくって意識が朦朧としているマオの姿があった。

精神病院で出される薬と睡眠薬を大量に飲んだようで、会話もまともに出来ない。すぐにカミソリを奪ってどうしたらいいか考えた。

とにかく病院に連れて行かないと…。

キッチンに転がっていた財布に目をやると、丁寧に診察券が一枚出ている状態だった。そこに書かれている緊急の番号に電話をして、氏名と飲んだ薬の名前と量と状態を伝えた。

電話先の女医は落ち着いた声で、「その量を飲んでいるなら胃洗浄をしますので、止血をしていまから当院まで救急車でもいいので来てください」と言って電話を切った。

部屋中、止血に使う包帯などを探したが見つからなかったので、血のついたTシャツを隠すように、ジップパーカーを羽織り、すぐにまたコンビニへと猛ダッシュで向かった。しかしコンビニで包帯なんか見つかるはずもなく、タオルとガムテープを買って部屋に戻った。

部屋に入ると、風呂場から水と血が混じったものがキッチン一面に広がっていて、包丁を持ったマオが裸でうずくまっていた。

そして呂律の回らなくなった口調で、「あえ？　戻ってきた。いままでの男は全員戻ってこなかったのに嬉しい」とニコニコして、手首から流れる血を見ながら安心したように言った。

俺はなぜかものすごく自分の服に血がつくのが嫌で、パンイチになってマオの手から包丁を奪い、傷がたくさんある手首にタオルを巻きガムテープを巻いて止血をした。

そしてマオの体についた血を、濡らしたタオルで拭き取った。俺はマオの裸を拭きながら軽く勃起をしていた。しかしいまはそんな暇はない。マオを早く病院に連れていかなくては……。

スウェットのセットアップを裸の上に着させて、担ぐようにして玄関まで連れていき、さっき呼んだタクシーに乗せた。

自分の車で行ってもよかったが、酒も飲んでいたし、何より場所もわからない病院に冷静に辿り着ける自信もなかった。

タクシーの運転手に診察券に書いてある住所と病院名を伝え、聞かれてもいないのに「なんかお酒を飲みすぎちゃったみたいで」と言い訳をして、パーカーのフードを目深にかぶせてぐったりしたマオを支えて座り直した。

一瞬運転手と目が合ったが、これといった会話もなく二十分程度で病院に到着した。

無機質に眩しく、そして人の気配がしない深夜の病院のエントランスで、ストレッチャーに乗せられたマオが診察室に消えていった。

中から物音がして何かの準備をしているようだった。その間に担当だという女医がマオの病状と、これからする胃洗浄のことを簡単に説明し、俺とマオの関係と出会ってどれくらいなのかを聞いてきた。

「そう、まだ二ヶ月なのね。そしたら今回のは初めてね。まず落ち着いてね」

俺は静かに頷いた。

「これはあなたのせいでもなければ、あなたの責任でもないの。彼女は元々あいった病気であなたがいなくてもああなるの」

それから少ししてカウンセリング担当の人が来て、俺は別室に通された。

色々な説明と話をしてくれた。

この数ヶ月の間、俺はマオに共依存し支配されていたようで、通常な判断も鈍り、俺自身もマオの病気にかかっているような状態である。簡単にいうとそんなことがカウンセリングの人と話してわかってきた。

「離れるのも優しさ」

カウンセリングの人がそう俺に言った。

何時間くらい俺は待合室の椅子にうつむいて座っていたのだろうか。病院に来て初めて頭を上げて窓の外をしっかりと見た。空はもう明るくなっていた。

女医から、マオは数日間入院することになり、これから親に連絡して病院に来てもらうからあなたは会わないで帰ったほうがいいと言われた。

俺は、マオの家に荷物があるのでそれを取りに行き、床についた血を掃除してから鍵をポストに入れて帰る。もう病院には戻らないと女医に伝えた。

「離れるのも優しさ」

それは逃げる事とどう違うのだろうか？　と俺は考えながら、タクシーの窓から昇ってくる太陽を見た。

DRIVE

MIKE VALLELY
DRIVE
MY LIFE IN SKATEBOARDING
A MARK JEREMIAS FILM

二月の早朝、俺は交通事故の現場検証を受けていた。

クラブ帰りに女の子を家に送った後、車で事故を起こしてしまった。ちょうど方南町から新宿方面に向かい柳通りを右折しようとした小さな交差点でバイクを轢いてしまった。

相手が救急車で搬送された後に、もう二度と走れなくなっている相手のバイクを見ながら、俺はポケットの中のマルボロのハードケースに入れた普通のタバコの中に一本だけ入っているジョイントを気にしていた。

この日は夕方前くらいから、田町のポンプ場にあるバスケット広場へ滑りに行っていた。

広場へは川沿いのあぜ道のような道を通っていく。少し前まではカリフォルニアストリートの藤原社長が、ＡＪＳＡの大会から自腹で運搬費を出して運んでくれた木製のセクションがイリーガルで設置されていた場所だ。

それが地元のスケーターたちの活動の甲斐もあり、コンクリートで角がメタル製の上質なカーブボックスが二つと、ＤＩＹなレールが常設され、スケートボードが公認の広場となった。

スケートパークと呼ぶには少し物足りないが、ストリートスケートに重点を置いているスケーターたちには十分過ぎるほどなレッジトリック、フラットトリックの練習の場となっていて、都内近郊の猛者や腕自慢たちが週末になると集まってくるトレンドスポットでもあった。

みんなが路駐している通りで、その日のメンツが大体わかる。

今日もボルボが止まっていた。赤地くんが来てそうだなと思いながら、俺もその車列に駐めた。車からデッキを出し、靴をナイキＡＣＧポケットナイフからアイパスのパンサーに履き替え広場へと向かった。

田町は好きだ。都内でスケートボードがOKなことはもちろん、四方向が川とポンプ場の外壁で囲われ閉鎖的なのだ。この閉鎖的とは、スケーター以外の第三者からの視線が無いという意味で、だからこそ思い切り突っ込めるし思いっ切り散れる。要するに練習に超集中できるのだ。

そして時たま、川と並行して頭上を走る東京モノレールはちょっとしたチャンスタイム。通過しているうちにレッジトリックなどを決められたらいいことあると勝手に願掛け的なマイルール。

そんなことを考えながら、いつものウォーミングアップ的な細かなトリックを、居合わせたスケーターに会釈や目礼をしながら隅っこで済ませて、みんなのその時のラインを大体把握し、高いほうのレッジの順番に並んだ。

最近よくここで会うケンジロウに「最近ユウ、しょっちゅう田町来るね！」と話しかけられた。

「このカーブボックス超いいよね！　高さと幅とか！　マニュアルもできる

し！　だからついつい来ちゃうねー」と返した。

「だよねー」とケンジロウは返事をしつつ、スイッチ・スタンスでカーブボックスへ入っていって見事にスイッチ・バックサイド５－０グラインドをメイクした。初代田町マスターと名高い森田実くんもスイッチ・スタンスで続き、スイッチ・フロントサイド１８０からのノーズマニュアルをメイクした。一気に場が盛り上がり、みんながデッキを路面に叩きつけて歓声を上げた。


何度も言うが、俺はこの瞬間がものすごく好きだ。他人の成功を心から喜び合うスケーターって生き物が。そして自分の大切な道具でもあるスケートボードを叩きつけて歓声を上げるという動物的な行動が。他のスポーツマンやミュージシャンは自分の大切な道具を叩きつけて他人を讃えるということはしないだろうし、これこそが実にスケーター的だ。

俺もみんなと同様にデッキのテールを「パンッ！　パンッ！」と路面に叩きつけて歓声を上げた。この時のテールの音でデッキのコンディションがわかるといっても過言ではない。

まだ体が十分に温まっていない俺は、いまのスイッチ・スタンスでのメイクの流れには乗れないと判断し、低いほうのカーブボックスで無難にメインのマニュアルをメイクして着地し、少しズリ下がったRRLのデニムパンツを両手で引き上げて今日の調子を確認した。

背後で歓声がまた上がった。振り返ると淳之介がカーブボックスで何かをメイクしたようだ。すぐさま近くにいたケンジロウに何をメイクしたかを聞き、俺も歓声の輪に入りデッキを叩きつけた。流石はキングだ。そんな歓声に応える間もなく360キックフリップをしてからレールでバックリップをメイクし、軽く田町を一周している。それを見ながら俺は今日のスケートセッションも最高になることを確信していた。

日が暮れてスケートを終えた面々は、自分の車にデッキをしまい、各々スケシューからスニーカーなどのお洒落履きに履き替え、デオドラントスティックなどで汗のケアをしていた。

何となくそこらから「夜何かある?」的な話が出始め、みんな週末の夜遊びを気にし始めていた。

俺はJAZZY SPORTのイベント「Jazz Cats」がセルリアンタワーのJZ Bratであるのでそれに行くと言うと、赤地くんも渋谷方面へ行くとのことで、その前に一緒に飯に行くことになった。

田町からボルボの後について渋谷方面へと車を走らせた。JRの線路を越えて国道一号線へ出ると、見通しのいい一直線の先に、点灯されたばかりの東京タワーが見える。とにかく東京タワーが好きだ。理由なんて簡単だ。カッコいいし東京って感じがするから。

そんな東京タワーを正面に見ながら、少しして慶應義塾大学の前で左折し、その先を右折。DHC本社ビルのほうへと抜け道を行く。この細い道を通るとワクワクする。自分が東京ローカルな気分にもなれるし、今日も怪我もなくいい感じにスケートを嗜んで、そして夜遊びへと繰り出していく期待で高まっていくからだ。

そのまま恵比寿、渋谷と抜け、神宮前の交差点を過ぎて千駄ヶ谷へと少し上り坂になったあたりの枠でハザードを焚いてボルボが駐まった。続けて俺も近くの枠に車を駐めた。

「是非この店のキーマカレーを食べてもらいたい」と、赤地くんが田町でスケート終わりに熱弁していた店に着いた。

「ＧＨＥＥ」と書かれたお洒落すぎるお店の風貌に裏原感を十分に感じ恐縮した。自分も裏原で仕事をしていたからこのお店の噂は知ってはいた。ＮＩＧＯが昔バイトしていたとか、作家の村上春樹がよく来ているとか。

ＧＨＥＥのキーマカレーとバターチキンカレーのハーフ＆ハーフを食べた。

男三人でテーブルを囲み、最近観たスケートビデオの話や最近の田町話など、裏原のお洒落感などゼロなマニアックな話に花が咲いた。

食後に解散となり、俺は勤め先でもあるＭＥＴＲＯＰＩＡの事務所が近くなので行くことにした。車を駐めた上り坂の先、千駄谷小学校の向かいのビルに事務所はある。

向かう途中、携帯にメールが来た。最近ハーレムで知り合ったユウコからだった。

「今夜どこか行く?」

事務所へのエレベーターを上がりながら、「ジャジスポのイベントに行くよ。渋谷セルリアンのJZ brat」と返信した。

事務所に入りトイレを済ませ時計を見ると二十一時半くらいだった。あと一時間くらい事務所でスケートビデオとか観てダラっとしてから出るかなと考え、ユウコから「私もアキと行くー。いまちょうど二人で渋谷で飲んでるの」と返事が来ていたので「あとでねー」とだけ返信し、俺は事務所にあるマイク・バレリーの『DRIVE』を観始めた。

砂漠地帯の田舎町のガソリンスタンドにある狭いコンクリの路面だけのスポットで、マイク・バレリーがボンレスやノーコンプライなど凄まじい技数を淡々と繰り出していくシーンが始まり、本人の声でナレーションが流れる。幸いDVDには字幕も付いていて、心を打たれる珠玉のお言葉の連続に、一人事務所のザラッと毛羽立ったグレーのカーペットタイルの床に座り黙って頷いて観ていた。

その後も地方でのデモの様子や、タイトル通り全米をドライブしながら、スケートボードの楽しさを派手ではないが等身大で伝道していく様がカッコいい映像を楽しんだ。


時計を見ると二十二時半を過ぎていた。

事務所の自分のデスクの二段目の引き出しからCK ONEのデオドラントスティックを取り出し、塗り直してから事務所を出た。

車に乗り込み、シート下にスライド式で収納されているティッシュの箱の底からマルボロのハードケースを取り出して中身を確認した。タバコの葉を抜いてマリファナを詰めたジョイントが二本ほど普通のタバコに混ざって入れてある。その内の一本に火を点けて車を走らせた。

カーステレオにはDJ HASEBEの『MIXTAPE #4』が入っていて、CHAPPIEの「TIMEX」からEPMDの「NEVER SEEN BEFORE」に変わるところから始まった。

原宿駅前から代々木公園を抜けて遠回りして道玄坂へとドライブすると、ちょっとしたマイク・バレリーの『DRIVE』気分だ。

適当な一〇〇〇円パーキングに車を駐めて、半分吸ったジョイントを丁寧にマルボロのケースに戻して元の場所に隠した。近くのコンビニでハイネケンを買い、乾いた喉を潤してからJZ bratに入った。

他のクラブとは違ってピアノがあったりする上品でハイソな雰囲気の中、音楽に身を委ね、バーカウンター近くからダンスのショーケースを見ていた。

フロアのほうにユウコとその友達が見えた。

バーカウンターに誘いテキーラで乾杯し、チェイサーで頼んだマリブウーロンを片手に少し会話を交わした。ユウコの腰に手を回し、ダンスのショーケースが終わってコモン・センスの『Resurrection'95』が流れるフロアに戻った。

爆音の音楽は好きだ。

肌がくすぐったくなる音量を全身で浴び、細胞を振動させ活性化させる。そしてその音に合わせて体を揺らす。優しくユウコの腰に回している手の感覚が自分なのかユウコなのか境目が無くなってひとつになったように錯覚してくる。

「あ、俺セックスしたい」と頭によぎりだした。

それから一、二時間くらいは過ぎただろうか。バーカウンターとフロアを行ったり来たりして、ユウコとゆっくりと優しく音楽に身を委ねた。

気付くと事務所の毛羽立ったグレイのタイルカーペットの上で、対面座位で挿入し、激しくキスをしていた。

「ヤバいなー。事務所でしちゃってるわ……」

頭の奥で少しはっきりとし出した意識の中で思い始めた。

思い返せば近隣のラブホが満室で、ユウコは友達のアキの家に居候しているから行けないとのことで、車で残っていた半分のジョイントを一緒に吸いながら事務所に転がり込んだのだ。あまり酒を飲んでないとはいえ、結構無茶な動きをしてしまったなと反省しながら下からユウコを突き上げた。

声を殺すように喘ぐユウコに「もっと声出して平気だよ」と耳元で囁き、無言で頷くユウコの瞳を見ながら俺はさらに硬くなった。

射精し終えたコンドームをクルッと結わいて、コンビニの袋に大量のティッシュと共に入れた。暗がりの中でこちらに背を向け、股間をティッシュで拭くユウコの姿が目に入って少し冷めた。

シャワーが無いところでのセックスは終わった後が最悪だ。お互いに背を向けて股間をティッシュで拭くことも、お互いにその仕草を見て見ぬ振りで会話がなくなることも、シャワーさえあれば問題ないはずだ。たとえ関係が浅くても——。

そんなことを考えながら、これといった会話も無く俺はユウコを明大前の家に送るために車を走らせた。

射精を終えた後の男の脳ミソってのは冷静というかシラフに戻った感じになる。ユウコを送った後に事務所に戻り、セックスをした形跡を無くすように掃除と換気をしなきゃなと考えていた。

ユウコを明大前の駅付近のコンビニで降ろし、「また週末くらいに」と見送った。

俺は缶のブラックコーヒーを飲み、シート下のジョイントがあと一本入ったマルボロをポケットに入れ、車内の消臭と気分転換も兼ねてＣＫ　ＯＮＥの香水をふってから車を走らせた。

片側通行になっている工事現場の交差点で右折待ちをしながら、カーステレオにマイティ・ジャム・ロックの『ＭＩＸ ＴＡＰＥ ＃４』を入れて気分を変えた。

信号が変わってもこちら側の番は来ず少しイライラしたが、カーステレオから流れる「ＢＯＯＧＩＥ ＭＡＮ」を聴きながら待っていた。

交通誘導員が右折待ちの俺を先に行かせようと誘導した。すぐに発進した俺は目を疑った。反対車線を直進してきたバイクが急ブレーキを掛けて転び、俺の車めがけて滑り込んできた。とっさにそれを避けようと車を進めてしまい、後輪の下にバイクが挟まりそのますごい音を立ててバイクを引きずってしまった。

一瞬の出来事だった。

その後はあまり覚えていないが、救急車と警察に連絡をし、最初に飲酒のチェックをされたが幸い問題なく現場検証となった。

二月の早朝で外は寒いということもあり、調書取りは新宿署に移動してからの暖かい取調室へと場所を変えた。

新宿署の中で俺は気が気でなかった。ポケットの中にタバコに紛らせたマリファナを巻いたジョイントが一本あったからだ。夜のうちに全て勿体ぶらずに吸いきってしまえばよかったのにと後悔をした。でも吸ったら吸ったでこんな状態ではオチていただろうなと思い、少し笑いそうになった。

調書を取りながら、警察官から事故相手の怪我が大したことない事と、事故の過失に関しても、工事現場の誘導員の証言と交差点の監視カメラの映像があるから平気とのことを告げられホッとした。何より、こんな俺の荷物検査をしないことをものすごく不思議に思ったが、同時に神様に感謝した。


左側面が滅茶苦茶になった車に乗り込み、すっかり陽で明るくなった新宿署を後にした。

車を走らせ、ポケットのマルボロを取り出し、中にある最後の一本を確認した。カーステレオの音量を上げ、今日も夕方からスケートしに行こうと考えながら、この最後の一本でしばらくは吸うのをやめようと思いながら、火を点けた。

RAIDBACK

DVD
NITRAID
NITRAID
NITRAID
nitraid SB PRESENTS PAYDBACK

二〇〇九年。俺は三十歳を過ぎて無職になっていた。
青春というキラキラとした日々からはとっくに遠くなり、まさに字の通り「その日暮らし」に追われていた。何がしたいとか、何者かになりたいという欲求すらも忘れ、ただただ日々を過ごしていた。

そんななか、〝最後のストリートカルチャー〟ともてはやされたピストブームも最高潮の空気の中、俺はノーブレーキのピストに乗りスケートボードを背負って、足立区にあるアメージングに向かっていた。アメージングとはムラサキスポーツのスケートパークの前にあったアミューズメント施設の名称だが、名残でローカルたちはみんな〝アメージング〟と呼んでいた。

アメージングに着くと、ＪＡＮの早川くんとヒロユキがもう先に滑っていた。挨拶もそこそこに、俺も小さなセクションで滑り始めた。

奥のＲを見るとウィリー伯爵ことカイくんと見上くんがピストで攻めていた。と言うか見渡せば、俺がスポンサーを受けているＪＡＮのライダーがほぼ勢揃いしていた。平日の夜だというのに――。

カイくんが相変わらずウィリーをしている横で、見上くんはミカミスペシャルというオリジナルのトリックをピストでブチかましている。なんていうか、このトリックピストには九十年代初頭のスケートシーンに似た、トリックの変革とシーンの土台を感じ、勝手に第二の青春の様に捉えていた。

それにしてもミカミスペシャルってすごいネーミングだな、とか思いつつ、ネーミングより派手でカッコいい動きに惚れ惚れしていると、ヒロユキがＲのスロープの上からキックフリップＩＮして乗りゴケして散っていた。それから二度、三度ほど散ってからメイクして雄叫びを上げていた。

そうかと思えば、さっきまでピストに乗っていた見上くんがスケートボードに乗って低いレールでボードスライドをメイクしている。全くもってなんて野生的でイケイケな人たちばかりがライダーなんだろう、このJANってショップは。

妙に感心しながらバーチカルのほうを見ると、そんなショップJANのオーナーの早川くんは堀米親子と何やら楽しげに話している。

その姿を見て、スケートパークって平和でいいなーと、普段は街中でばかりスケートをしている自分はどこかホッとする気持ちでいっぱいになった。

いつもとはまた違ったスケートボードの充実感だ。

ここのところ、サポートしてもらっているブランド「NITRAID」からリリースされるDVD『RAIDBACK』の締切が近かったこともあり、本気の撮影ばかりが続いていたので、この夜のチルスケはまた格別な楽しさだった。

三十歳を過ぎてまたスポンサーが付いたことは相当嬉しいことだ。だけどビデオパートを残すプレッシャーもいままでとはまた格段に違う。NITRAIDはかなり人気のアパレルブランドなので、DVDのリリースまでのプロモーションもすごく完璧で、リリース日と試写会日もかなり前から決まっていた。撮影の中盤にはDVDのタイトル『RAIDBACK』のロゴのデッキとTシャツなども出来上がっていた。それは本編内はもちろん、予告編などにもバッチリとロゴが見える様にする完璧なプロモーションであった。

かなり大きなプロジェクトでもある。そんな作品内に自分のパートが入る。しかもプロなんてもう十年以上前にリタイアしている自分にはかなり荷が重い。映像が撮れなくなるのが一番怖くて、怪我なんてもってのほかだと思っていた。

しかしそれ以前に活動費用が乏しい。勤めていた会社を辞めてフリーのライターをしていたが、軒並み紙媒体が弱くなってきたこともあるし、自分がファッションのページをやるのが少し嫌になってきていたこともあり、仕事はかなり減っていた。なので冒頭でも触れたように、ほぼ無職であった。

そんな金銭事情から、スケートをした後はもちろんコンビニ前での外飲みである。この日も例により安いウイスキーの小瓶を買ってジュースなどで割って飲んでいた。これなら低価格で安定して酔えて楽しい。自分はそれをストリートカクテル、略して〝ストカク〟と呼んでいた。

そんな俺に合わせてなのか、みんなコンビニの前で飲んでくれていた。そんな中、「仕事が無い」だとか「金が無い」だとか話をしていたら、見上くんが俺に「そんなに金ねぇならうちで働くか？」と唐突に言ってきてくれた。

解体業をメインとしたミカミ興業の部長である見上くんにとって、日雇いで俺を雇うことは容易いのだろう。でもＤＶＤのパート撮影のスケジュールもある自分には、毎日の解体業は正直言ってしんどい。そんな感じで返事に渋っている俺を見かねた見上くんは、「撮影とかあるなら週の半分とかでいいからよ。来週から現場忙しくなるんだよ」と好条件を出してきてくれた。

そんなこんなでいきなり解体現場で働けることになった。

何が嬉しいって、日払いで現金が手に入る。安全靴だけ買って、あとはスケートで履き古したディッキーズにパーカー、そしてニット帽を被った上から現場へルメットを被れば気分はパークビルダーだ。ただ違うのは、作るのでなく壊すのが仕事だ。

建物をぶっ壊していく作業の補助を淡々としていく。重機でバラした壁の破片をコンクリと鉄筋に分けて整理したりと黙々と指示を受け、進めていく。

やはり最後は人の手なんだなーと思ったりしながら、明日の夜のスケートの撮影のことなんかを考えている。そうこうしていると、見上くんが重機から身を乗り出して「そろそろ休憩入るから人数分のコーヒーとかお茶買ってこい！　領収書忘れるなー」と俺に言ってきた。

近くのコンビニで人数分の飲み物を買って現場に戻ると、一番デカかった壁が倒されていた。きっと見上くんは俺に、危ない作業の際に現場にいないようにお使いを頼んだのだ。とにかく無口だが優しい人だ。

昼飯の際も、「飯行くぞ」と俺を誘ってくれてちょっとした定食屋で昼飯を奢ってくれる。しまいにはその日の仕事終わりに日払いで一万二千円を「交通費込みで」

と言って相場よりも多く手渡してくれた。

俺が「いや、見上くんお昼もご馳走してもらってて多いですよこれ」と言うと、ボソボソと「お前、スケボー頑張ってるじゃんか、またスポンサーとかも付いてきてDVDも出すんだろ。俺にできるサポートだから」とそっけなく言って2トン車に乗り込んで行った。

なんかお互いに照れくさくて、会釈だけして心の中でお礼を言った。

そんな俺の解体業がスタートして数日が経った。その日も遠慮なく昼飯を見上くんにご馳走になり、昼時で混み合っている定食屋さんに向かい合わせに座っていた。

「俺もそのNITRAIDのパーカーが欲しいんだけど買えないかな?」

唐突に俺が着古していて現場で着ていたNITRAIDのTシャツのアーチロゴを見ながら聞いてきた。

「原宿にAGITOってフラッグショップがあるのでそこで買えますよ。俺が買えば少しは割引きで買えるかと思うので」と言うと、昼飯の会計とは別に財布から二万円出して「これで足りるか？　釣りは手間賃でとっておけ」と俺に渡してきた。

いきなり何で欲しがってるんだろう？　と思ったが、俺はそれを受けとってサイズとか好みの色を確認して「近々買ってきますね」と自分の財布にしまった。

その日は仮眠をとってから夜の撮影に参加した。やはり肉体労働の後のスケートボードの撮影は体がしんどい。

日本橋のレッジがあるスポットで、竜人とデミとミノルがフィルマーのＫＯＶＡと撮影をしていると聞き、遅れて合流した。

ちょうどデミがビルのエントランスのギャップをフロントサイド・ポップで超えてからのライン撮りをメイクしたらしく、みんなでＶＸ１０００の小さなモニターで確認して盛り上がっていた。

遅れて到着した俺も見させてもらい一緒に盛り上がりメイクを讃えた。そんなテンションが上がってきている現場で、ミノルはその後数発でスイッチ・トレ・フリップを同じギャップで単発でメイクし、みんなのテンションは上がりまくっていた。そのままの流れで竜人もレッジでのラインをさらっとメイクしてみんな爆上がりしていた。

ウォーミングアップもそこそこな俺は、その流れには乗れず全く惜しいトライも無いまままみんなが飛んでいたギャップからレッジへのスイッチ・ポップ・スイッチ・Kグラインドが全然かからないままメイクを諦めた。

肉体労働の後にスケートはダメだーと言い訳をしながらみんなでコンビニでビールを飲んだ。そして渋谷へ出てクラブエイジアに行った。

ちょうど二階でＤＪ ＢＡＫＵの「ＤＨＡＲＭＡ ｆｅａｔ．いとうせいこう」がフロアで流れていて、玄人感のある人たちがブース周辺で首を振っていた。

バーカウンターで乾杯をし、各フロアの音をチェックしにうろついたが、階段で足が攣ってしまった。やはり肉体労働からのスケートからのクラブなんてこなせる歳では無くなっていた。あの頃はよかったなーとかしみじみと思いながら、階段の途中で壁に寄りかかり、爪先を伸ばしたりして何とか難を逃れた。

階段の途中に立ち尽くすと、一階のステージがちょうど見えたので何気なしに眺めていた。

ふと、三十歳過ぎて定職も無く日雇いで、撮れ高が無かったスケート撮影の後に、普通にクラブで酒を飲んでいる自分に嫌気がさしたと同時に、漠然とした将来への不安に思考がフリーズした。

つい数年前だったらそんな気持ちにもならず、次の撮影で頑張ろうって軽い気持ちでクラブで女の子の尻を追っかけ回していたのに——。これが歳を取るってやつか、とため息をつき、グラスに半分入ったハイボールを一息で飲み干した。

一緒に来たみんなに、「なんか疲れてるし足が攣るから先に帰るわ、次の撮影でいい映像残したいし」と先にエイジアを出た。

住まわせてもらっている代々木八幡のカノジョの家まで、攣りそうになる足を騙し騙しプッシュして帰った。何かを誤魔化すように、何かから逃げるようにプッシュをしては、横断歩道の白線に合わせてマニュアルをした。

きっと俺はスケートボードに乗っていなかったら、悪酔いして叫びながら、それこそゴミ箱とか看板を蹴散らしながら歩いたりしていたのだろう。

いつもスケートボードだけが俺を正常に、そして冷静にさせてくれる。そう実感しながら、スケートボードを通して感じるアスファルトの細やかだが粗い感触を足裏で踏みしめた。


その日を境に、酒とクラブ遊びを少し控えて、昼の解体業とスケートの撮影に精を出した。

日雇いの収入により、少し遠出の撮影や仲間たちとのスケート撮影後の食事などにも余裕が出てきた。相変わらず見上くんは日当を相場より多く払ってくれるし、たまにNITRAIDの服を買うお使いでお小遣いもくれる。

そんな甲斐もあり、無事に撮影も終わり、締切前にそこそこの撮れ高があった俺は、DVD内に個人パートを持たせてもらえた。

光栄なことに、パートの音源はニトロ・マイクロフォン・アンダーグラウンドのMACKA-CHINさんが提供してくれた。

パート構成は希望のトリックの使用と大体の順番を伝え後は、監修のJF＊＊KとKOVAに任せた。


試写会はNITRAIDの展示会の最終日に青山の会場で開催された。

その日は平日だったが、俺は解体の現場を休ませてもらい、昼過ぎからできるだけクールに装いながらみんなでワイワイとしていた。内心は自分のパートの出来と評価、試写会時の観衆の反応にヒヤヒヤしていた。


夕方過ぎになり、試写会に招待された人たちで会場は混雑し始めていた。

招待者リストには、是非観てもらいたい人として見上くんの名前を入れていた。

金曜の夕方なので現場から直行で会場に来てくれたであろう見上くんは、いつもの小汚い格好ではなく、俺がお使いで買っていたNITRAIDの服にJANの帽子でバシっとキメて会場に現れた。

「来てくれてありがとうございます。バチギメですね今日！」

ちょっと茶化す様に俺が言うと、

「バカ、あれだよ。俺の部下の晴れ舞台だろ？　汚ねぇ格好で来て恥かかせられねぇだろ」

と真っ直ぐ俺を見て見上くんは言った。

とにかく嬉しかった。俺は両手でギュッと握手をして、「見上くんが雇ってくれて、多めに日当くれたおかげでパート撮れましたよ」と心の中で言った。

そんなこんなで来てくれた人としばしご歓談しながら、会場でフリービアを飲んでいたら試写会が始まった。

既存のスケートボード映像とは一線を画すような、MVのようなスキット映像が入った凝った構成と音源でテンポよく始まり、「NITRAID SB」の面々のパートが流れていく。各パートが終わるたびに会場には拍手が鳴り、トリックの度に歓声が沸く。すごく嬉しい反面、自分のパートの時はどうだろう？　と少し不安になる。

そうこうしているうちに会場の壁一面に映し出された映像に俺の名前が出てパートが始まった。

伝わりにくい、細かく地味な技が続き、心配していた通りあまり歓声が沸かない。ノーリー・トレ・フリップからのラインでようやく歓声が沸きホッとして周りを見渡したら、人一倍大きく見上くんが拍手をしてくれていた。

そして鹿浜バンクでのブラント・スライド、桜木町でのフロントサイド・ウォールライドと流れて俺のパートは終わった。

俺はもう、どれだけの歓声とか拍手よりも見上くんの反応だけが気になり、見上くんのほうばかり見ていた。やはり大きな拍手をしてくれていて、普段はあまり見せない笑顔になっていた。

それを見ていたら、スケートボードは自分のためだけじゃなく人も喜ばせられるのかな、と俺はちょっとだけ自信がついた気がした。

そして全ての映像が終わりエンドロールが流れる頃には、大きな拍手が響き、関係者、出演者が握手をしたり拳を合わせていた。

近くにいる友人たちは、「パートよかったよ！　とくにあのトリックが」とか「あのスポットどこ？」といった会話になっていた。

そんななか、場を持て余した見上くんは早速帰ろうとしていた。

俺は見上くんを追って外に出た。

「ありがとうございます！　おかげでパート撮れました」

と伝え握手をした。

「作品や物を作るってすごくいいな。俺は解体屋だから壊してばかりだ。お前はこれからもいい物を作る人生でいろよ」

と俺の手をギュッと強く握った。


俺はスケートをしてきて正解だと強く感じた。そして自分の境遇や環境を振り返り、すごく恵まれたスケーター人生だと気付いた。

そもそも映像作品でパートを残せるスケーターなんてほんの一握りだ。

そしてそのパートを観て人が喜んでくれたり、励みにしてくれたり、様々な感情が湧いてくれたりと、スケートをする活力はもちろん、何かのきっかけや初期衝動にまで繋がってくれる。

そしてその様な気持ちっていうものは、また自分にも返ってくる。その小さな衝動が何巡にも重なり、様々な出来事や人たちを結びつけてくれる。

たかがスケートボード。されどスケートボード。

嗚呼、スケートボードよ。なんてすごい乗り物なんだ。

スケートボードに出会って三十数年。思い起こせば様々な事が人生にはあったが、常にその側には転がっていた。

四つのタイヤと一枚の板、なんてことはない遊びの道具だったはずなのに、俺の人生の道標として、いつも方向を正してくれる、無くてはならない相棒になっていた。

これから先の人生も、思わぬ方向、色々な方向へと俺を導いてくれることだろう。

スケートボード is 素敵。

『スモールウィールズ』は、フリーマガジン『HIDDEN《ヒドゥン》 CHAMPION《チャンピオン》』60号（２０２１年春号）から69号（２０２３年夏号）にて連載していた読み切り小説「スケートボードis素敵」の全十編を元に改稿した短編集です。

この物語はフィクションであり、実在の人物、団体とは一切関係ありません。

柳町 唯（やなぎまち・ゆう）

1986年にスケートボードと出会い、1993年にはAJSA公認プロとしてのキャリアをスタートさせる。が、1995年にはクラブカルチャー、夜遊びにハマりプロからドロップアウト。1999年にはスケートボード専門誌『WHEEL magazine』の編集員として執筆業を始める。その後30年余を“コンテンポラリー・スケートボーダー”、“印象派スケートボーダー”、“スケートボード・コンサルタント”などの肩書きを名乗り、専門誌、ファッション誌、カルチャー誌や不動産サイトなどでライター業を営む。2012年より自身のブランド「SNAKE'S PORNO WHEEL」を運営し、コロナ禍の2020年にブランド名を「BACANCES ALL INCLUSIVE」と改名。今なお日本のスケートボードシーンの底辺で暗躍している。

特別対談

柳町　唯　『Big Pants』『Small Wheels』著者

岡田　晋　『眼鏡とオタクとスケートボード』著者

聞き手

松岡秀典　『HIDDEN CHAMPION』発行人

松岡　まず、小説の舞台となっている90年代のスケートシーンについて話を聞きたいのですが、今（2024年）と比べてどんなところが違いましたか？

柳町　そのあたりは俺のよりも晋の小説『眼鏡とオタクとスケートボード』のほうがわかりやすく書いてあるよね。大会とかローカルルールみたいなことかとか。

岡田　確かにそうだね。スケートシーンがどんなものか、何も知らない状態から入っていく物語だからね。そもそも当時はスケートパークが無くて、みんなが自分で作ったセクションを公園に置いてるだけのローカルスポットみたいなのだった。あとはSNSが無いでしょ。というより携帯電話とかメールすらない。要はもうスケートボードに関する情報は全部隠れているわけですよ。

柳町　その最初の情報も純粋にスケートボードじゃないんだよね。映画のワンシーンだったりとかで、あれがなんなのか正解がわからなくて謎に包まれている。

岡田　そう、だからムラサキスポーツとかそういうお店に行くしかない。結局そこでしかスケートビデオも買えないからね。お店を探して何かしらの情報を手に入れて、帰ってきて「ああじゃねえか、こうじゃねえか」とか考えて。また別のビデオを観て「あれ？　これに出てる人、ここにも出てない？友達なのかな？」とか、「アメリカって広いけど、この場所近いのかな？」とか想像して。何回もスケートショップに行っていろんな話を聞いてると、そこに集まってる人からいろんな情報を得られるわけですよ。「駒沢公園に上手い人が集まってるよ」とか、「新宿の中央公園もめっちゃ上手い奴がいるよ」とか。結局人づてじゃないと情報が得られない。それが今との一番の違いかな。

松岡　2人は同い年でしたっけ？

柳町　俺が一つ上だね。で、スケート始めたのも俺のほうが早いと思うんだ。俺は86年に始めたから。その当時はストリートっていうよりはジャンプランプ全盛期だったたね。

岡田　そうだね。俺が始めたのはそのちょっと後かな。一気にスケートボードのスタイルが変わってストリートってなったくらい。唯くんはギリギリその前のシーンの一番最後を見てるけど、俺は見てないんですよ。

柳町　90年くらいを境にガラッと変わって、91年、92年にはもう本当にゲームチェンジ。デッキのシェイプがガラッと変わったよね。ギアがあんなに変わるのはあれ以降ないもんね。

岡田　冷静に見ると微妙にゆっくり変わってはいるんですよ。パウエルの『BANTHIS（1989年）』から『TROPICAL FISH（1991年）』とかさ。そこら辺から少しずつ変わってた。

柳町　その流れを完全に完成させたのはPLAN Bの『Questionable（1992年）』が一番ゲームチェンジだったかな。

岡田　俺の中ではその手前のNew Dealあたりからどんどん新しくなってきてるというか、スケートボードの仕方が圧倒的に80年代の感じじゃなくなってきてる気がした。PLANET EARTHとかH-STREETあたりから明らかに変わってきて、それで『Video Days（1991年）』

が出て、もう何もかもが変わったというかね。

柳町　そうだね、New Dealで技は変わったよね。でもデッキのシェイプはまだフィッシュテールだったりで発展途上だった。で、その頃からビデオでのスケートボードの見せ方が違ったもんね。80年代はバーチカルが花形だったから、一般の人が見ても分かりやすい派手なスケートボードがメインストリームにあった。ただ、シーンの浮き沈みで、大手がやり尽くして飽きられて、小回りのきくスモールブランドが速いサイクルで新しいものを出していくという周期になる。特にマーク・ゴンザレスがblindを立ち上げて91年に『Video Days』を出して新しい流れを作ったね。

岡田　そうやって考えると唯くんが言った通りで繰り返してるよね。70年代はサーファーの金髪サラサラのお兄さんで、そこからドッグタウンに来てギャングの遊びみたいになって、その後80年代はパウエル全盛期ですごいスポーツっぽくなったよね。スポンサーもついてテレビにも呼ばれてマスっぽくなって、トニー・ホークが来日しちゃうみたいな。その後に結局スティーブ・ロコがアンチ・パウエルみたいなことをしたいって実際にやって、それが勝っちゃったんだよね。ワールドインダストリーズ系が。そっちのほうが新しいって。それがＰＬＡＮ Ｂに繋がっていってストリートのメインになった。

柳町　でも結局ワールド系もパウエルみたいになっていっちゃったけどね。

岡田　結局繰り返すんだよね。陰と陽の繰り返し。それで『Ｂｉｇ Ｐａｎｔｓ』に書かれているような２０００年代に入って、俺たちみたいなのが「スケートボードで食っていくぜ！」って世界に出ていって、ちょっとオーバーグラウンドに近くなっていくけど、またその先で落ちていって谷間の世代がいて、その先に今の堀米雄斗たちの世代がまた盛り上がってる。

柳町　自分がスケートを始めてから何回かそういうことを繰り返しているけど、土台はどんどん大きくなっているからね。

岡田　そうそう。俺もいつも言うんだけど、それは薄皮一枚の違い。本当の実態としてシーンが成熟していくのは、大きくブレイクして、そのあと大きく落ち込んでっていうのを何度も繰り返して、だけど前に落ちた時よりも薄皮一枚分だけ積み上げられてる。それが本当の成熟した部分だと思うんだよ。だから俺らはブレイクした上の部分は見てないからね。底がどれだけ上がっているかしか見てない。

松岡　当時2人は一緒に滑ってたことはある？

岡田　いや無いよね。俺が唯くんをちゃんと認知したのは99年くらいかな？　もっと前に会ってたのかな？

柳町　大会で会ってるぐらいじゃないかな。一緒に滑りに行こうよみたいなのはなかったね。まあ分かりやすく言うと俺は落ちこぼれの三流プロスケーターだったから。プロになったのも、スケーターの人口も少ない時期で、大会に出てランキングが上がればなれちゃうようなものだったしね。

松岡　じゃあ、お互いを認識したときの印象を。唯くんから。

柳町　俺が初めて晋を認識したのは、代々木公園のムラサキスポーツの大会。あの時に岡田 晋っていうヤバいのがいるって聞いたんだよ。それで一個下なんだって。ケンタロウ（T19）とかササオ（T19）と当時一緒に滑ってたりしてたから、同い年ですごいのがいるんだよって彼らから聞いてて。大会で実物を見たらクソやべえってなったよね。

岡田　ちょうどHAWKがスポンサーについてくれてから一回目に出た大会だね。

柳町　ケンタロウとササオは同い年なんですよ。出会う前から雑誌で知ってた。ケンタロウとササオは湘南エリアのスケーターで、T19の大瀧（浩史）さんたちがいた太陽の広場のジャンプランプ世代の頃から天才小学生としてフックアップされていたからね。

岡田　東京の米坂淳之介、湘南のササオとケンタロウは同い年だけど、俺がスケートシーンを知ったときにはもう有名人だった。

柳町　有名って括りも今のスケーターとは違って、大会に勝ってるとかだよね。

岡田　だって本気でスケートやってる仲間を増やすには大会に出るしかなかったからね。交流する場がそこしかない。

柳町　それに大会に出ることが一つの物差しになってたよね。本気でスケートボードをやってる、ちゃんと打ち込んでいるっていうのが試された。今じゃ大会なんか出なくても、良いビデオパート残せばいいみたいになってるけどね。

岡田　ビデオパート以前じゃないかな。今はインスタに上げるだけで終わってると思うよ。あの頃は大会に出るか出ないかで、お前は本気でスケボーをやってるのかっていうのが一発で分かったからね。

柳町　上手い下手とかじゃない。出るか出ないかだったよね、大会に。下手でも出てれば認められるみたいな。

岡田　選手宣誓みたいなね。

松岡　では晋くんから見た唯くんの印象は？

岡田　やっぱり神奈川のスケーターっていう印象が強いですね。東京のスポットに神奈川のスケーターがみんなで来たりするんですよ。で、逆に横浜の大会とかに行ってそのコミュニティーを感じて、その中に唯くんもいた。だけど、本当に唯くんっていう存在をちゃんと知ったのは90年代後半とかで『WHEEL magazine』の編集で「あれ？大会とかプロで出てたよね？」みたいな感じ。で、2000年代に入ってからは裏原宿にできた洋服屋さんASANOHAとかMETROPIAっていうチームのマネージャーなのかな？っていう印象。ライダーなのか、社内の事もしてそうだけど現場にもいて、と思ったら突然別名義でビデオパート出したりとか。とにかく当時から謎だった。

柳町　晋は当時は世界の人だったのよ。やっぱりＰＲＩＭＥのビデオにも出て、ＮＥＷＴＹＰＥにもいて、一歩二歩、三歩先行ってる感じだった。俺はそういうのを現場で見てた。大会でもいつも淳之介、イシコ（荒畑潤一）とかと優勝争いだったし。ずっとそこは変わらない。出すビデオパート毎にＮＢＤ（Ｎｅｖｅｒ Ｂｅｅｎ Ｄｏｎｅ／まだ誰もやっていない）出しまくりで、技もヤバいしクリーンだしとにかくヤバい。俺はもう三流だったから、同じ大会の現場にいても全然相手にもならず予選落ちだったから90年代半ばとかは晋は俺のことは覚えてなくて当然だと思うよ。

松岡　スケートスポットはどんな感じでした？

柳町　あの時代って今よりもっとスケートシーンが閉鎖的だったよね。ローカルスポットに行っても、「これは俺たちが金出して作ったセクションだから勝手に滑んな」って言われるの。滑りたいなら５００円払えとか、でも仲良くなったら払わなくてよくなる。小学生の時は何も分からないから、最初は一日座って誰がボスなのかなって見てるんだよ。ちょっと滑ると怒られたりするからね。「お前、誰の友達？　誰に滑っていいって言われた？」とか。

岡田　俺が最初に駒沢公園に行った時がまさにそうですよね。赤地くんに「誰に聞いた？　勝手に来られると困るから言わないでくんない？」みたいな感じだったもんね。

柳町　閉鎖的だったよね。一発目はそんな感じだけど、通ってると本気でやってんなっていうのが伝わって認められるんだよね。

岡田　そう、認めてもらうためには行かなきゃいけない。だけど自分がどこかのローカルになったら、今度はまた別のローカルに出向くときは自分のローカルを背負って道場破りに近い感じで行くよね。行くからにはそこでカマさないと仲良くなれない。仲良くなれないというか、カマす自信がなかったら帰れって言われるだけだからね。

柳町　スケートスポットって今みたいなピース感はなかったよね。すぐに仲良くなれるみたいな。で、それが悔しくて、また地元で練習して上手くなってからまた滑りに行ってみたいな。

岡田　今はスケートパークって公共のモノじゃん。でも昔は誰かのモノだったからさ。本当の意味で。

柳町　そこのローカルのトップの人が作って管理してね。なんなら鍵もかけてね。鍵の番号とかも教えてもらえない。

岡田　それでもパクられたりしてたからね、セクション。

松岡　いつ頃から変わってきたと思いますか？

柳町　そういうのが緩くなったのが90年代半ばとかだよね。スケートボードの認知も人口も増えてきてとかじゃないかな？　あと話変わるけどやっぱりNEWTYPEはすごい日本のシーンを引っ張ってたね。格式高くて恐れ多かった。でもそのおかげで日本のスケートシーンは短期間ですごい伸びたと思う。

岡田　俺はアメリカに行ってプロになって、世界に名前を売ってから日本に逆輸入みたいなやり方を90年代にしてたんですけど、日本のファッション誌が急にスケートボードを取り上げ始めたのは２０００年代に入ってからですよ。『WARP』の大野（俊也）さんとかが応援してくれたり、デビル西岡さんが作ってたほうじゃない、ファッション誌の『Ollie』が出来たり。あれはもう完全にスケーターのためのファッション誌って感じで始まったから、タイミング良く創刊時から取り上げてくれたりしたのは運が良かったと思いますね。

柳町　そのあたりの裏で動いていたのが江口（勲二郎）くんなのよ。『WARP』の立ち上げの1号目からスケートのページを担当してたりして、ちゃんとしたスケートの写真と情報を載せてた。俺が『WHEEL magazine』で編集員していた98、99年くらいの時に江口くんがフリーでライターをしていて、『WHEEL magazine』でもいろんなページをやってもらったし、それで『WHEEL magazine』が廃刊になって、俺もフリーのライターになって、江口くんの紹介でいろんな雑誌でスケートのページを担当するようになった。『WARP』、『street JACK』、『COOL TRANS』、『Ollie』とか『Samurai』ではファッションのページも担当するようになった。その流れで江口くんとM

ETROPIAの仕事もするようになって、俺は洋服も好きだったから年間100型とかアパレル企画もして展示会とかやってた。俺の仕事のルーツには『WHEEL magazine』時代の小澤（千一朗）さん（Sb Skateboard Journal）と江口くんは外せないね、師匠みたいな感じ。

岡田　いろんな意味でスケートシーンを底上げしたのは間違いなく唯くんと（江口）勲二郎くんだと思う。でも俺は意外と勲二郎くんとの仕事は少なかったかな。

柳町　それは晋とか淳之介とかはほっといてもフックアップされるからじゃないかな。江口くんはアンダーグラウンド好きというか。若手発掘から育成というのが好きな感じがするな。今も変わらずに。

岡田　ほんとにシーンを作ってる人だよね。

松岡　2000年頃ってスケートだけで食えてる人っていました？

岡田　俺と淳之介とイシコくらいじゃないかな？

柳町　その時はほんと一握りだったよね。最初は2、3人ぐらいじゃない。

松岡　今はスケートだけで食えてる人多いのかな？

岡田　いや、海外に出てる人じゃないと食えてないんじゃない？　でも当時の俺たちより金額はゼロが2つくらい大きそうだよね。

松岡　シーンは大きくなったけど、みんながまんべんなく稼げてるかというとそういうわけじゃない？

岡田　そういうわけじゃないし、そういうものじゃないですか。やっぱり人気商売だから、食える人が増えちゃったらもうそれはなんの価値もないことなんですよ。普通の仕事になっちゃう。

柳町　人数は増えてるかもしれないけど、100パーセントのうちの何パーセントっていう割り合いは変わってないんじゃないかな。一握りって言うのはそういうことだよね。

岡田　でも、インストラクターっぽい人は増えてるよね。

柳町　それはプロスケーターの部類ではなくてスクールビジネスだよね。そういう意味ではスケート関係で食えている人は増えてはいるけど、付随するビジネスが増えただけじゃないかな。

岡田　そうだね、プロスケーターじゃないね。人数が増えたから回ってるお金は大きくなっていると思うけど、やっぱりプロスケーターで食えている人のパーセンテージは変わらないんじゃないかな。

松岡　ピラミッドがただでっかくなったってことですね。でも夢はあるってことですね。

岡田　夢は何にだってあるんですよ。ヨーヨーだってケンダマだって何でもそうだと思う。「これでいこう！」と思ってやりきった奴だけが行ける。ただそれだけなんですよ。

松岡　なるほど。では話題を変えて、唯くんが書いたこの小説『Ｓｍａｌｌ Ｗｈｅｅｌｓ』に出てくるスケートビデオについて、印象とかエピソードがあれば教えてもらえますか？

岡田　このラインアップで言うと、トランスワールドの『ｉｎ ｂｌｏｏｍ（２００２年）』は結構新しいよね。あ、『ｓｎｕｆｆ（１９９３年）』懐かしいな〜、これ良かったよね。

柳町　『ｓｎｕｆｆ』カッコよかったね。

岡田　『ｓｎｕｆｆ』はさ、あれなんだよ。レンタルビデオの払い下げのパッケージにステッカーが貼ってあるだけなんだよ。だからみんなが持ってる『ｓｎｕｆｆ』のビデオはパッケージが全部違うの。俺が持ってたのはエアロビのパッケージだったからね。ワールドインダストリーズはそういうひねくれたことをいつもやってくるんですよ。あ、『ｆｅｅｄｂａｃｋ（１９９９年）』はチャド・マスカが大ブレイクしたビデオでしょ。

柳町　これチャド・マスカの出世作だよね。この時期の人気で家とか建ったでしょ。このビデオの前まで家がなくてロングビーチでホームレス状態だったよね。

岡田　そうそう。いろんな人の家をカウチサーフィンして回ってたんだよね。

柳町　そこら辺の『ｆｅｅｄｂａｃｋ』はやはり外せない一番コアな時代だね。あと俺も『ｓｎｕｆｆ』が出た93年は一番スケートしてたね。ちょうどＨ－ＳＴＲＥＥＴから移籍してきたエリック・コストンのパートとか好きだったな。

松岡　では次、パウエルの『ＢＡＮ ＴＨＩＳ』。

岡田　『ＢＡＮ ＴＨＩＳ』は俺がスケートを始めた時には出ちゃってた。俺が始めた時に一番新しかったのが『ＰＲＯＰＡＧＡＮＤＡ（１９９０年）』だから、『ＢＡＮ ＴＨＩＳ』はその一個前だから、『ＰＲＯＰＡＧＡＮＤＡ』を観てから遡って観たやつ。

松岡　これ77分もあるんですね。

柳町　昔のビデオは１時間以上あったよね。それで６８００円とか８０００円とか結構高い。だからダビングしたり貸してもらったりとか、スケートショップに行って安いステッカーだけ買ってずっと観させてもらったりとか。この作品がレイ・バービーの出世作じゃない？　ノーコンプライって技がすごく人気が出た。で、最近またリバイバルでノーコンプライが流行ってるからレイ・バービーのノーコンプライの映像がＳＮＳでいっぱい上がってくるよね。あとガイ・マリアーノのデビュー作もこれだよね。

岡田　ＬＡ ＢＯＹＳが出てるね。だけどＬＡ ＢＯＹＳにガイマリがいるのとか分かったのはもっと後だった。『Ｖｉｄｅｏ Ｄａｙｓ』を観てガイマリやべぇ、ルディ・ジョンソンやべぇって言ってたら、こいつらもともと『ＢＡＮ Ｔ

柳町 HIS』に出てたLA BOYSだぞって言われてやっと分かった。『Video Days』のガイマリのパート、あれ最初の頃はまだパウエルのライダーだったらしいよ。だからパウエルのTシャツ着てるシーンがあるの。

岡田 当時はスポンサーとか1ヶ月くらいで全然変わってたりするからね。

柳町 それこそダニー・ウェイはH-STREETからblindに移籍してデッキ出したのに、ビデオが出る時にはもうPLAN Bだったから、デッキだけは出てて『Video Days』には出てないんだよね。

岡田 時代のスピード的にしょうがない。早すぎた。だってジーノ・イアヌッチがBLACK LABELだったって知ってる？ 最初、BLACK LABELはジョン・カーディエルとかいたから、太いデッキばかりなブランドだった。で、ジーノが加入して1本目のI LOVE NYってちょっと細めのデッキ出したんだけど、発売して2ヶ月でジーノはワン・オー・ワンに行っちゃったからね。

松岡 2人ともさすが詳しいですね。じゃあ次いきますか？『Chomp On

『Ｔｈｉｓ（２００２年）』

柳町　え、小説内に出てきたビデオ全部やるの？

松岡　やりましょう（笑）。

岡田　俺はこの頃はロスにいた時期だね。

柳町　これは興味ない人は面白くないと思う。フィルマーとかフォトグラファーとか裏方の人がパートをもってるビデオで、ヤバい技とか全然無いの。でも業界の裏方の人たちも俺たちと一緒でスケートボードが大好きっていうことがすごい詰まってる作品。エリック・コストンがタイ・エバンスを撮ってたりとか。裏方を激アゲするビデオみたいな感じ。かなり新しい試みだったよね。

松岡　では次はマイク・バレリーの『ＤＲＩＶＥ（２００２年）』。

岡田　これ俺ちゃんと観てないんだけど、友達でめっちゃハマってる人いたね。めっちゃ感化されてさ。なんか長渕剛みたいな感じ？

柳町　そう、スケート界の長渕剛だね。名言も多いし伝道師なんだよね。この作品にはスポンサーにＪＥＥＰが付いてて、バレリーがＪＥＥＰを運転してアメリカ各所を回るんだけど、スケートパークもないよう小さな街に行って、スケーターを見つけてドライブインの前の駐車場とかで一緒にセッションしてデッキをあげたりして。そのスケーターとかさ、もう一生バレリーのファンになっちゃうわけじゃん、そんなことされたら。「スケートボードって何もないところでも楽しめるんだよ」、「君のいる小さな街でもできるんだよ」みたいなことを説いて回って。たまにでっかいデモがあったら100パーセントやり切るみたいな。それをただドキュメンタリーで撮ってるんだけど、それがスケートの映像の撮り方じゃなくて、映画の撮り方みたいな感じで、すごくいいコンセプトの作品でスケートボード名言集でもあるね。

岡田　子供たちが、「うちの街にはパークもないしつまんない……」とか言うと、「何言ってんだ！　何もないところだってできるのがスケートボードだ！」って説教されて、「見てろ！」ってフラットでボンレスとかガンガンかましまくってるんだよね（笑）。ハマる人はこれ見てヤベえってなってたよね。エムスミのナオヤくんとかハマってた。

松岡　いいですね。では次はこれ、『ＯＮ ＶＩＤＥＯ Ｓｕｍｍｅｒ ２０００（２０００年）』。シリーズ物ですか？

柳町　ビデオマガジンですね。『４１１ＶＭ（１９９３年〜２００４年）』の後釜みたいな感じで出たんだけど、コンセプトと作りが洗練されてて、アートディレクターにナタス・カウパスがいて、この手書きのフォントとか、オープニング、エンディングのテロップも全部ナタスが書いてる。

岡田　『ＯＮ ＶＩＤＥＯ』は俺も何フッテージか出てるね。

柳町　出てたよね。ビデオマガジンというだけあって、カオスパートみたいなのがすごく温故知新していてカッコいいんだよね。新しい映像だけじゃなくて古い映像も織り交ぜてたりするの。あと余談だけど、この頃ナタスがＱｕｉｋｓｉｌｖｅｒのデザイナーもやってたから、Ｑｕｉｋｓｉｌｖｅｒの手書きのロゴがこのビデオと同じ手書きフォントなんだね。両方ナタスが書いたから。

松岡　そうなんだ、知らなかった。では『ＰＵＢＬＩＣ ＤＯＭＡＩＮ（１９８８年）』。

岡田　『ＰＵＢＬＩＣ ＤＯＭＡＩＮ』はあんまり観てない。正直、掘り返しきれて

柳町　ない。『BAN THIS』までかな。これもっと前でしょ？『PUBLIC DOMAIN』は88年だね。俺はその前の『Animal Chin（1987年）』から入ってるな。
岡田　すごいよ。『Animal Chin』をリアルタイムで観てる世代って。
柳町　それと同じ年があれなんだよね。映画の『ポリスアカデミー4（1987年）』。それで結構俺ら世代はみんなスケートボードにハマったんじゃないかな？
松岡　じゃあどんどん行きます。『in bloom（2002年）』。
岡田　これがもう新しい時代の幕開けでしょ。ニュージェネレーション、P・ロッドが出てきてる。でもP・ロッドでさえ今はレジェンドだからね。
松岡　『PEEP THIS（1999年）』。
岡田　『PEEP THIS』はあれですよ。ZOO YORKが出てきて、西だけじゃねえぜみたいな。でも一発目これじゃないよね？
柳町　最初は『MIXTAPE（1998年）』。あれが98年。
松岡　これは？『Misled Youth（1999年）』。

柳町　これは全然俺は何にもない。ハンドレールとかビッグステアとかであんまり俺はハマらなかったかな。だから小説内ではラブホに忘れてるし（笑）。こういうスケートにハマってた人は絶対に今膝壊してるよね。

岡田　俺たちの周りではあんまり多くなかったよね。やっぱりヒップホップとかそっち系のほうがなんか人気がある時代だった気がする。

柳町　そうだね。東京のスケートはイーストコーストに似てるからね、街のつくりとかも。やっぱりウエストコーストみたいに土地が広くてでっかいステアとかスポットも無いからね、東京には。

松岡　では最後に『ＲＡＩＤＢＡＣＫ（２００９年）』。

柳町　それは俺がパート持ってるやつ。これが２００９年か。つい最近のような気がするけど15年も前か。

岡田　これは一つの時代だったよね。それまでなかなかちゃんとリアルにスケートとファッションって融合しきれてなかった気がするけど、これはちゃんとやったよね。すごいリアルだった気がする。

柳町　そうそうファッションと絡めてね。俺はこの時30歳を越えてたけど、なぜかビデオパートを撮るってなってさ。かなり前からスポンサーとか全部辞めてたのに、NITRAIDがまたスポンサーについちゃったのよ、いい歳して。でもかなり嬉しかったね。

岡田　これは上不（健太郎）くん（NITRAID）の力でしょ。上不くんがまとめたからできたんだと思う。

柳町　上不が80年代のスケートとかパウエルがすっごい好きなのよ。パウエルのビデオとかもすごい好きだしね。だからNITRAID SBのTシャツとかも昔のパウエルのサンプリングがあったりしたんだ。

岡田　上不くんがいなかったらNITRAIDのSBチームとかあんなにまとまらなかっただろうし、アパレルラインとイメージに相違がない形でスケートビデオも出来てさ。これって俺はかなりすごいことだったと思うんだよね。アパレルブランドが出した、ちゃんとしたスケートビデオの中では一番成功してるんじゃない？

柳町　確かにスケートだけじゃないからね。NITRAIDっていう洋服のブランド力と、あとNITRO MICROPHONE UNDERGROUND

が作品の音源もちゃんと作ってたしね。

岡田　なかなか簡単なようで、こういうのって難しいからね。これはすごかったよね。カッコよかった。

松岡　ビデオのことは以上ですかね。

岡田　懐かしいね。たぶんスケートビデオのことで一生話してられると思う。

柳町　小説に出てきたビデオは、ものによってはそんなにいいビデオじゃないやつを逆に選んだんだよね。いわゆる名作じゃなくて忘れかけてるビデオ。同じ年代にもっと評価されてるのもあったけど、あえてこのあたりを選んでみた。『PEEP THIS』なんか結構みんな忘れてると思うしね。そんな名作じゃないから。

松岡　では小説のことも話しましょう。どういうテーマというかコンセプトで小説を書いていますか?

柳町　俺が書いてる話って、やっぱり晋の本とは根本的にすごく違うんですよ。晋の小説は90年代から2000年代のスケートボードのシーンと、世界に行った一流のスケーターの話が書かれていて、それは上を目指している人たちにとってはすごくいろんなヒントを得られるものだと思う。でも俺の話は三流スケーターの人間の話で、一流になれなかった人の話。要は落ちこぼれの話なんですよ。だけど変な話、こっちのほうが人口は多いから共感する人はすごくいっぱいいると思う。

岡田　いやいや、でもセックスはすっげえしてんじゃん（笑）。

柳町　セックスはみんなもしてるでしょ（笑）。

岡田　俺がまず読んだ時の感想だけど、「スケーター官能小説じゃん」と思って、自分もスケーターだからなおさら興奮するなと思って、ちょっと興奮しちゃってる自分がいて（笑）。

柳町　でもあれはね、マツさん（『HIDDEN CHAMPION』発行人）のせいなのよ。1冊目の『Big Pants』の最初の1話目はちゃんとスケートボードだけだったのに、2話目でクラブ行ってセックスの話をちょっと書いたらエロい話の評判がいいってマツさんに言われて、「そうか、『HIDDEN CHAMPION』には全てのカルチャーが詰まっているがエロが無かったのか！」って思って、じゃあ「次号もエロでいきます」ってなった（笑）。

松岡　いやいや先生。俺は「エロの要素がちょっと入ってたらいいですよ」って言っただけなんだけど、次の原稿が届いたら見開きで4回もセックスしてて……、多いよって（笑）。

岡田　それはやりすぎだよ。見開きで1回くらいにしなよ（笑）。

柳町　でも20代前半なんてみんなそうじゃない？　みんなスケートしてクラブ行って女の子に会って。

岡田　でも夢があるよね。あんなに毎回パーティー行くたびにセックスができるのかっていう（笑）。

柳町　毎回では無いよ(笑)。でもそれは結構みんなに言われる(笑)。それがスケーターじゃなくても、ミュージシャンやサーファー、スノーボーダー、BMXの人などからも。「俺もこんな感じで遊んでたわ～」とか、「こういう先輩いたわ～」とか。そういう共感は違うシーンの人たちにもあるんだよ。で、俺ら世代だけに響いてるのかなって思ったら、20歳くらい下の人からも「こんな感じっすねー、今も！」とか言われたりして。

松岡　そういう意味では、唯くんの話には、誰しもちょっとだけ重なる思い出があるのかもしれない。

柳町　でもエロい話も多いけど、最終的には毎話スケートボードをしに行くところで終わってるの。ただ、その滑りに行く理由が、本当にスケートボードしに行きたい時と、スケートボードに逃げている時がある。人生のシチュエーションって色々あると思うんだけど、これを読んだ人がその終わり方をどう捉えてくれるかが大切で、どういう気持ちでスケートボードしに行くのか、その時の気持ちを照らし合わせて読んでくれて、読んだ人の何かのモチベーションになってくれたらいいなと思ってる。俺もすごく嫌なことがあってもいいことがあってもスケートボードしてきたからこその今がある。だから、最後はスケートボードに行くっていう形で毎話終わらせてて、その都度、読むタイミングで自分の人生の温度感で何かを捉えてもらえたらな、と思って書いたんだよね。晋の『眼鏡とオタクとスケートボード』もまだ続きがありそうな終わり方をしているから続きを書いたら？　その後の話も俺は読みたいな（笑）。

岡田　それは無理だよ。書けない話ばっかりだよ（笑）。でもスケーターで小説を出版したのは今のところ唯くんと俺だったね。唯くんのが数年先だったからＮＢＤでしょ（笑）。

柳町　その点では俺はすごい嬉しいんだよ。今やっとあの頃の一流スケーター岡田晋と並べたっていう（笑）。あと日本のスケートボードシーンにこういう読み物が２つあるっていうのがすごく面白くて意味があると思う。それは俺のだけでは意味がなくて、晋の『眼鏡とオタクとスケートボード』っていうド真ん中な話があってこそ、俺のが活きてくるかなとも勝手に思ってる。あと紙媒体だしインターネットと違くて電気が無くなっても後世に残るし。

松岡　それでは最後に、『Ｓｍａｌｌ Ｗｈｅｅｌｓ』というタイトルについてと、読者に一言もらえますか？

柳町　タイトルはやっぱり、90年代からの話が多いから、１冊目の『Ｂｉｇ Ｐａ

ｎｔｓ』と合わせて『Ｓｍａｌｌ Ｗｈｅｅｌｓ』にしました。太いズボンに小さいウィール。それがあの時代の象徴だったからね。世界共通なスケート言語だし、それがタイトルになっているのが面白いかなって。小さいウィールってその時代のスケートシーンの象徴で、その時にゲームチェンジだった。90年代前半にデッキのシェイプが変わって、技も変わって、バーチカルからストリートが主流になった。その時に最前線にいた岡田 晋がＰＲＩＭＥからパートを出して世界へと飛び立つのを側で見てて、同世代ですごい食らったし、あの激動の時代を晋の『眼鏡とオタクとスケートボード』は成功例として書いている。で、俺の『Ｂｉｇ Ｐａｎｔｓ』と『Ｓｍａｌｌ Ｗｈｅｅｌｓ』はそこにいけなかったどこにでもいるような三流スケーターの日常。その両方をＨＩＤＤＥＮ ＣＨＡＭＰＩＯＮが出版してるっていうのが面白いし、必然的であり意味がある。あとは、こうして文字として紙に残すことで、数十年後のスケーターにも読んでもらいたい。時代によって違ってる部分と、やっぱり本質的に変わらないスケートボードっていう部分を感じてもらいたいな。というわけでキリがなさそうなのでここらで締めさせてもらいます。自身の著書2冊目が出ました。自分の人生に関わって頂いている関係各者様々本当にありがとうございます！　ヤナギカンゲキです！　これからは〝小説家〟と肩書きをひとつ増やさせてもらいます。

書籍紹介

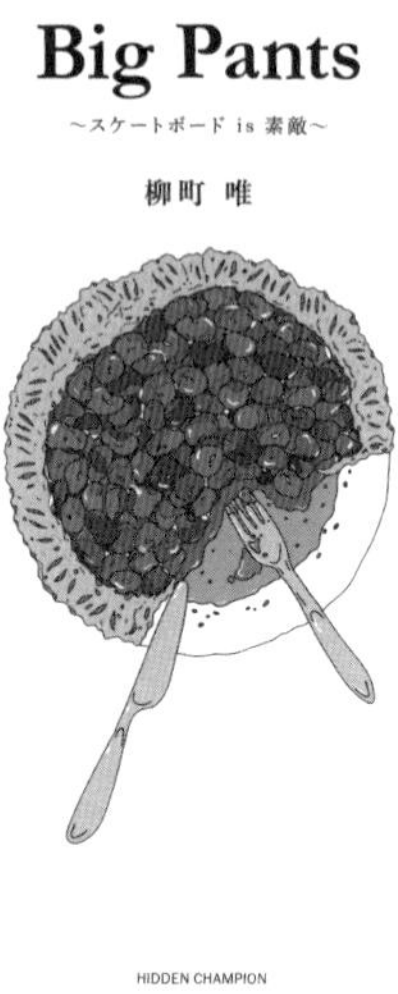

Big Pants 〜スケートボード is 素敵

著者　柳町 唯

「コンテンポラリースケートボーダー」、「スケートボードコンサルタント」など、謎の肩書きを持つ柳町 唯が、フリーマガジン『HIDDEN CHAMPION』にて2016年から2018年まで連載していた半自伝的な読み切り小説を書籍化。神奈川県葉山町に生まれ、横須賀米軍基地や湘南から横浜、東京までをスケートボードと一緒に動き回り、90年代にティーンエイジャーから大人へと成長する若者のリアルな姿。30年以上に渡りスケートボードに翻弄されてきた著者が放つ青春小説。

発行所　株式会社 HIDDEN CHAMPION
発売元　星雲社（共同出版社・流通責任出版社）
発行　　2019年9月
ISBN978-4-434-26472-6　C0093

眼鏡とオタクとスケートボード

著者　岡田 晋

1994年に、日本人として初めてアメリカのスケートカンパニーから世界デビューを果たしたプロスケートボーダー。この『眼鏡とオタクとスケートボード』は、岡田 晋がスケートボードに出会った幼少期から世界デビューを果たすまでに起こったさまざまな出来事や、青春ならではの心の葛藤を回想する自伝小説。そして同時に、90年代初頭の東京のスケートシーンを、岡田 晋の目を通して記録した東京スケートボードヒストリーでもある。

発行所　株式会社 HIDDEN CHAMPION
発売元　星雲社（共同出版社・流通責任出版社）
発行　　2022年10月
ISBN978-4-434-31080-5　C0093

Small Wheels

〜スケートボード is 素敵〜

2024年6月7日　発行

著者　柳町　唯
表紙・挿絵　丸山伊織
発行者　松岡秀典
発行所　株式会社 HIDDEN CHAMPION
〒151-0063
東京都渋谷区富ケ谷 1-17-9 パークハイム 302
TEL. 03-6416-8262
http://hiddenchampion.jp

発売元　星雲社（共同出版社・流通責任出版社）
印刷　サンニチ印刷

ISBN978-4-434-34138-0　C0093
Printed in Japan

価格はカバーに表示してあります。
乱丁・落丁本は、ご面倒ですが小社宛までご送付ください。
送料小社負担にてお取替えいたします。

HIDDEN CHAMPION